Markus Reich

Liebe mich in einer neuen Zeit

Roman

Bibliografische Information der Deutschen Nationalbibliothek: Die Deutsche Nationalbibliothek verzeich-
net diese Publikation in der Deutschen Nationalbiblio-
grafie; detaillierte bibliografische Daten sind im Internet
über http://dnb.dnb.de abrufbar.

© 2021 Markus Reich
Herstellung und Verlag: BoD – Books on Demand,
Norderstedt
ISBN: 9783754348413
1. Version
Lektorat: Martin Ott

Inhalt

Das höchste Glück des Lebens besteht in der Überzeugung, geliebt zu werden.

Victor Hugo

Ja, wir glauben, daß die Menschen noch einen höhern Beruf haben, als sich gegenseitig auszubeuten.

Moses Hess

I. Teil

Zunächst muss ich gestehen, dass ich in meiner Jugend nie träumte. Es verwirrte mich, wenn eine Freundin erzählte, dass sie in der vergangenen Nacht einen wunderlichen Traum hatte. Natürlich wünschte ich mir, dies auch einmal zu erleben. Es vergingen viele Jahre, bis ich diese Erfahrung machen sollte.

Die Kalte Gwendolyn

Dieser Roman beginnt in den Tagen der Kindheit, in der viele beachtenswerte Geschichten ihren Anfang nehmen. In einem Provinzstädtchen lebten drei Jungen in derselben Straße. Sie hätten ihr Schicksal nicht allzu ernst nehmen müssen, da sie fern aller historisch bedeutsamen Ereignisse aufwuchsen, die das Weltgeschehen zu jener Zeit bestimmten. Aber natürlich waren ihnen die Geschehnisse in ihrem Viertel genauso wichtig, wie den Mächtigen Krieg und Frieden, Handel und

Einfluss der unablässig miteinander konkurrieren-
den Nationen.

Ugrin kam aus einfachen Verhältnissen und hei-
ratete die wohlhabende Unternehmerin Bertha, die
lange vergeblich nach einem Mann Ausschau gehalten hatte. Vor der Heirat stand er in Berthas Diensten, stieg durch die Vermählung zum Vorarbeiter
auf und schuftete danach unverändert weiter. Während Berthas kräftige Stimme weit über den Werkhof schallte, duckte sich ihr Gatte unmerklich wie
alle anderen. Auch im Lauf der Jahre änderte sich
wenig im Verhältnis der Eheleute, Bertha blieb die
Besitzende und Ugrin knechtete in ihrem Betrieb.
Ihnen wurde ein Sohn geboren, den sie Tyren
nannten, und je mehr dieser verstand, desto inten-
siver verabscheute er, dass sein Vater so nachgiebig
war und sich von Bertha herumkommandieren ließ.
Tyren wünschte, Ugrin wäre stärker und würde
endlich seine eigene Stimme finden. Er hasste es,
dass Bertha überall so offensichtlich den Ton an-
gab. Er verwünschte die Stärke seiner strengen
Mutter, die viele hinter vorgehaltener Hand un-
beugsam, geizig und hässlich nannten. Sie waren
reich, lebten aber genügsamer als ihre Nachbarn.

Im Haus nebenan betrieb Gwendolyn einen Laden. Zu jener Zeit bewohnte ihr schwärmerischer Sohn Jaron mit seiner zarten Frau Chiara und ihrem Sohn Fynn, der in Tyrens Alter war, die kleinen Räume unter dem schiefen Dach. Fynn und Tyren waren Spielkameraden und Tyren beneidete Fynn um dessen Eltern, die so ganz anders waren.

Demian war der dritte Junge in der Straße, der gleich alt wie Tyren und Fynn war. Damals war die Welt der Kinder den Erwachsenen nahezu unbekannt. Jungen taten auf der Straße, was ihnen in den Sinn kam. Sie führten irgendwo da draußen ein unabhängiges und wildes Leben mit eigenen Regeln und Gesetzen. Die Eltern blieben ihrem abenteuerlichen Treiben fern, hielten sich fast ausschließlich innerhalb der Mauern ihrer Häuser auf und interessierten sich nicht allzu sehr für das Treiben der Heranwachsenden, solange diese pünktlich zu den Mahlzeiten erschienen, mit sauberen Händen am Tisch saßen und ihre Kleidung nicht zerrissen.

Tyren gründete eine Straßenbande, welcher zunächst nur Demian angehörte, der längst sein treuer Vasall war und fast ein Leben lang bleiben sollte. Demian war der geborene Befehlsempfänger. Mit blinder Ergebenheit befolgte er Tyrens

Anweisungen. Demian fühlte sich im Bereich von Tyrens wachsender Macht sicher. Er hasste Fynn leidenschaftlich, weil Tyren und Fynn als kleine Jungen unzertrennliche Freunde waren und er lange der Außenseiter blieb.

Fynn hingegen trat Tyrens Bande nie bei. Diese war ihm zu tyrannisch. Dabei lag jene Zeit noch nicht lange zurück, als Tyren und Fynn auf dem Fußboden saßen, sich gemeinsam Märchenwelten ausdachten, und Spielfiguren laufen und sprechen, kämpfen und siegen ließen. Damals hatte noch Fynns Mutter Chiara gelebt, eine gütige und zarte Frau mit sanfter Stimme, die den Jungen bisweilen liebevoll über das Haar strich. In diesem Haus liebten sich alle mit einer Intensität, die Tyren als kleiner Junge erstaunt wahrnahm. Zumindest in seinen frühen Jahren hätte Tyren gerne in dieser Familie gelebt, wollte abends nach dem Spielen einfach bleiben, als sei er von nun an nicht nur Fynns bester Freund, sondern dessen Bruder. Tyren wünschte sich schon früh andere Eltern. Sein Vater hatte Bertha geheiratet, ohne sie zu lieben, und sie kommandierte ihn herum, wie sie es gewohnt war und weil ihr ringsum alles gehörte. Bertha verließ nie den Werkhof. Sie wollte sich in keiner anderen Welt als in der ihrer Besitztümer aufhalten. Sie war für ihre dröhnenden Anordnungen bekannt. Die Männer ihres Baubetriebs befehligte sie mit unüberhörbarer Stimme, die weit über den Hof hinaus in den Straßen widerhallte. Abends hasste Tyren nichts mehr, als seine unter dem Tor des Werkhofs stehende Mutter, die den Namen ihres Sohnes in zwei langen, gedehnten Silben herausbrüllte, welche bis in die letzten Winkel des Viertels drangen. Dabei stemmte sie ihre Arme in die Seiten und war in ein einfaches, grobes Kleid aus dunkelblauem Stoff gepresst, welches ihre tonnenförmige Figur umgab.

Einmal wollten die Bandenmitglieder Fynn zwingen, ihrer Gruppe beizutreten. Sie drückten den Widerstrebenden zu Boden und forderten ihn auf, das Treuebekenntnis zu sprechen. Fynn weigerte sich. Demian war der grausame Antreiber, als Tyrens Vertreter stand ihm dies zu, denn sie hatten Fynn abgepasst, als Tyren nicht zugegen war. Fynns Blut mischte sich mit der Erde, die sie ihm ins Gesicht rieben. Weil Tyren unvermittelt auftauchte, geschah nichts Schlimmeres. Tyren begnadigte Fynn nicht nur, sondern erklärte zornig, dass Fynn tabu sei. Wenn jemand gegen ihn vorgehen dürfe, dann nur er selbst. Das war eine ungewöhnliche Ausnahme, denn ihre eiserne Regel war: Wer nicht mit uns ist, ist gegen uns.

„Aber er will nicht beitreten", protestierte Demian, im nächsten Moment streckte ihn Tyren mit einem Fausthieb nieder. Keiner wagte mehr zu fragen, warum Tyren mit Fynn eine Ausnahme machte. In diesem Moment glühte Demians alter Hass auf Fynn hell auf und fraß sich noch tiefer in ihn hinein. Demian schwor sich, dass er geduldig darauf warten würde, bis er sich an Fynn rächen konnte, und er ahnte, dass diese Stunde kommen würde. Eines Tages …

Ugrin war fleißig, sprach nie viel, verhielt sich auch nach Jahren in der Ehe eher wie Berthas Angestellter als ihr Ehemann, ein Verhalten, welches Tyren beharrlich verachtete. Aber seine Eltern blieben unverrückt wie sie waren und formten sich nie nach seinen Wünschen um. Erst als Bertha starb, änderte sich alles und ohne darüber zu reden, atmeten Tyren und sein Vater auf. Ugrin gab den trauernden Witwer. Tyren hingegen wirkte nach dem Tod seiner Mutter befreit und konnte nun endgültig tun und lassen, was er wollte, denn Ugrin schrieb seinem Sohn nichts vor. Ugrin suchte nie die direkte Auseinandersetzung. Wenn ein Arbeiter im Betrieb, der nun ihm gehörte, sich nicht nach seinem Ermessen verhielt, verlor er kein Wort darüber, sondern entließ denjenigen durch seinen

Vorarbeiter. Ugrin blieb ein genügsamer Mann und mehrte unermüdlich das Vermögen, welches Bertha hinterlassen hatte.

Chiaras Gesundheit war stets von zerbrechlicher Beschaffenheit. Sie zog nach der Heirat zu Jaron in dessen Elternhaus. Jarons Mutter Gwendolyn empfing Chiara mit offenen Armen. Bald darauf wurde Fynn geboren. Jahre später, als Chiaras Zustand sich schleichend aber stetig verschlechterte, empfahl ein Arzt den dauerhaften Aufenthalt in einer klimatisch gemäßigteren Region. Jaron suchte und fand durch die Vermittlung eines entfernten Verwandten in einer südlichen Provinz eine Stelle als Majordomus bei einer wohlhabenden Familie.

Chiara ging es nach dem Umzug besser, und so verlebten sie in ihrer neuen Heimat unbeschwerte Jahre. Jaron indessen war vordergründig nicht wegen seines Könnens angestellt worden, denn er verfügte über keine besonderen Fähigkeiten, tat sich nicht als Handwerker, Koch oder Gärtner hervor, sondern wegen seiner liebevoll-einfühlsamen Art, welche die vermögenden Leute zu schätzen wussten. In einem Winter, der diesmal auch den Süden des Landes ungewohnt lange und heftig mit Eis, Feuchtigkeit und Kälte umschloss, kehrte eines

Abends unerwartet Chiaras Krankheit zurück, von der sie sich nicht mehr erholen sollte.

Nachdem Chiara gestorben war, dachte Jaron daran, mit Fynn an einen Ort zu ziehen, wo nicht alles an den Verlust der geliebten Frau und Mutter erinnerte. Als Jaron bei einem der seltenen Besuche feststellen musste, wie schlecht es um Gwendolyn stand, entschied er, dass sie in sein Elternhaus zurückkehren müssen. Gwendolyn starb jedoch wenige Wochen nach ihrer Ankunft.

„Jetzt sind nur wir Männer übrig. Aber Chiara und Gwendolyn zuliebe werden wir nicht aufgeben, nicht wahr?", fragte Jaron mit Tränen in den Augen. Fynn konnte in diesem Moment nicht sprechen und antwortete mit einem Nicken.

Gwendolyn hatte in jenen Tagen, die unendlich lange zurückzuliegen schienen, als Fynn ein kleiner Junge war, ihrem Enkel oft erzählt, warum sie die *Kalte Gwendolyn* genannt wurde. Sie hatte schon als junges Mädchen kalte Hände und deshalb riefen sie die anderen Kinder ausschließlich auf diese Weise. Dieser Spitzname blieb ein Leben lang an ihr haften, und sie zeigte nie ein Bestreben, dies zu ändern.

Nachdem Gwendolyn immer vergesslicher geworden war und trotzdem allein den Laden betrieb, hatten gewissenlose Handelsvertreter Waren in riesigen Mengen anliefern lassen. Sie hatten der verwirrten, alten Frau vorausgefüllte Listen vorgelegt. Gwendolyn signierte, ohne zu verstehen, was sie tat. Wahrscheinlich wusste sie damals schon nicht mehr, was eine Bestellung, geschweige denn eine Unterschrift war, und führte, vom Vertreter geduldig angeleitet, den Stift über das Papier. Skrupellose Händler wurden auf diese Weise einen beachtlichen Teil ihrer überflüssigen Posten los. In gleichem Maß, wie sich die Waren zunächst im Lager, dann, als dieses übervoll war, im Treppenhaus, daraufhin in den Wohnräumen und sogar im Schlafzimmer stapelten, nahm das über Jahrzehnte angehäufte Vermögen ab.

Jaron hatte den Verkaufsraum zunächst geschlossen. Weil die Kalte Gwendolyn durch ihre Krankheit vielfältige Unordnung hinterlassen hatte, musste zuallererst aufgeräumt werden. Jaron und Fynn trugen die Waren hin und her, aber es gelang ihnen nicht, die Wohnräume völlig davon zu befreien.

Erst danach entschloss sich Jaron zur Wiedereröffnung des Ladens. Sein Unvermögen als Kaufmann zeigte sich jedoch bereits Wochen zuvor. Lachend schlug Jaron eines Abends vor, dass er seinen Lieblingsschauspieler, der landesweit berühmt war, engagieren werde. Dieser solle am ersten Tag jedem Kunden zur Begrüßung die Hand schütteln. Das wäre doch eine riesige Überraschung und ein immenser Paukenschlag. Fynn erschrak nicht wenig, als sein Vater dies vorschlug, denn im Gegensatz zu Jaron sah er die Reaktionen der Kunden unmissverständlich voraus. Diese würden zahlreich kommen, sich die kostenlose Attraktion nicht entgehen lassen, schließlich lebten sie in einer Region, in die sich zuvor noch nie eine bekannte Person verirrt hatte. Sie würden Jaron für diese gelungene Sensation loben und fröhliche Gesichter machen. Aber schon im Weggehen würden sie kopfschüttelnd mutmaßen, was das wohl gekostet habe, manche sogar lästernd urteilen, dass man so kein Geschäft beginne, mit Ausgaben, die sich nicht wieder hereinholen ließen, außer mit überhöhten Preisen, die sie nicht bereit wären, zu bezahlen. Diese Aktion sei zwar ein Glanzstück, aber letztlich doch eine Verschwendung. Jaron könne kein guter Geschäftsmann sein.

Die Kalte Gwendolyn hingegen war zwar nicht beliebt, aber respektiert gewesen. Fynn wusste, dass niemand inmitten eines solchen Rummels etwas Teures kaufen wollte, manche könnten vielleicht eine Kleinigkeit erstehen, die sie sowieso brauchten, aber in den Tagen danach würde eine deprimierende Leere einkehren und Jarons Vorhaben nichts als ein Strohfeuer sein. Es kostete Fynn nicht wenig Mühe, seinen Vater davon zu überzeugen, die Idee fallenzulassen.

Nach einer gewöhnlichen Eröffnung übernahm Jaron selbst den Verkauf. Die wenigen Ersparnisse waren für den Ankauf von nötigen, anstatt der im Überfluss vorhandenen schwer verkäuflichen Waren im Handumdrehen verbraucht, wodurch es unmöglich wurde, jemanden anzustellen. Die im Alter völlig verwirrte Gwendolyn hatte zwar Lieferung auf Lieferung bekommen, aber längst nicht mehr registriert, dass es sich dabei um Ladenhüter oder alte Waren handelte, die nicht mehr gefragt oder bereits verdorben waren.

Jaron war Gwendolyns einziges Kind. Nach ihrem Tod redete Jaron gerne mit Fynn über den Laden, den die Familie seit Jahrzehnten unterhielt. Seine Ausführungen waren zwar schön anzuhören, hatten jedoch seltsamerweise nichts mit der Fortführung des Betriebs oder dessen künftigem Erfolg zu tun. Jaron liebte seine Anekdoten selbst am meisten und beschrieb ausführlich, wie es früher gewesen war: Etwa, dass es *damals* im Städtchen einen weiteren Laden gegeben hatte, der die gleichen Waren wie sie vertrieb.

„Die Besitzer waren sehr beliebt", erwähnte Jaron. „Die waren somit eine große Konkurrenz."

Dieses Geschäft gab es doch schon so lange nicht mehr, dachte Fynn und verzichtete darauf, seinen Vater durch einen solchen Einwand zu unterbrechen. Jarons Geschichten waren zwar unterhaltsam, belebten aber ihren Handel nicht. Eigentlich hatte ausnahmslos alles, was Jaron sagte, nie etwas mit einer möglichen Umkehr der besorgniserregenden, geschäftlichen Situation zu tun.

Während Fynn zur Schule ging, kochte sein Vater nur zu gerne. Er lief deswegen überall umher, besorgte die Zutaten an vielen Orten, verfing sich auf den Wegen durch die Stadt in so mancher Plauderei und verbrachte daraufhin ausgiebig Zeit in der Küche. Da Jaron niemand eingestellt hatte, musste er bei jeder Abwesenheit das Geschäft schließen. Er hängte in solchen Fällen kleine

Papierfetzen an die Tür, auf denen Sätze standen wie: „Ich bin gleich wieder da."

Mit Entsetzen sah Fynn ein erstes Mal solch eine Nachricht am geschlossenen Eingang. Ein anderes Mal erblickte er schon von Weitem, dass dort wieder ein Zettel hing. Auf diesem stand: „Bitte an der Tür klopfen", darunter ein Pfeil, der in Richtung des Hauseingangs zeigte.

Dies tat jedoch kein gewöhnlicher Kunde. Schließlich wollte man ja nicht stören. Entweder war ein Kaufmann für einen da oder eben nicht, dann ging man in einen anderen Laden, in dem man jederzeit gut bedient wurde, ohne wie ein Störenfried oder Bittsteller anklopfen zu müssen.

Manchmal beobachtete Fynn, wie jemand vor verschlossener Ladentür stand und kopfschüttelnd eine dieser Nachrichten las. Dann lief Fynn zu dem Ausgesperrten, sagte, sein Vater komme gleich und eilte ins Haus, um Jaron zu suchen. Aber auch das half nicht. So verloren sie nach und nach immer mehr der letzten, treuen Kunden.

Es wäre besser gewesen, Jaron hätte den Verkaufsraum über Mittag länger geschlossen, sich an feste Zeiten gehalten. Aber da er abgesehen von dem Dienst bei der reichen Familie nie irgendwo außerhalb des eigenen Hauses gearbeitet hatte, war ihm ein strenger, festgelegter Arbeitsrhythmus immer fremd geblieben. Stattdessen gehorchte er nur zu gerne seiner flatterhaften Natur. Fynn erschien sein Vater manchmal wie ein Schmetterling, der nie lange irgendwo bleiben konnte, sondern nur, solange ihn Farbe, Geruch und Nektar festhielten, bis er erneut bunt und fröhlich durchs Leben flattern würde.

Jaron war ein liebevoller Vater, aber es gelang ihm weiterhin nicht, sich das nötige Wissen über die Führung eines Geschäfts anzueignen, und wahrscheinlich hätten allerlei merkantile Kenntnisse auch nicht geholfen, denn er war im Grunde seines Wesens kein Kaufmann. Obwohl der Verkauf nicht gut lief, sie kaum Kundschaft hatten, hielten sie einige Jahre durch. Das war jedoch nur deshalb möglich, weil so schlimm die Verwirrtheit der Kalten Gwendolyn am Ende auch gewesen war, gerade diese einige unerwartete Ereignisse mit sich brachte.

Jaron und Fynn durchsuchten die Lagerbestände nach verkaufbaren Waren – und fanden wiederholt, womit sie nicht gerechnet hatten. In einem schiefen, deckenhohen Stapel, den sie nach und nach abtrugen, tauchten unerwartet Geldscheine auf. Mal waren es nur zwei, bisweilen ein kleines Bündel, meist eine unerhebliche Summe, aber mehrmals auch ein größerer Betrag. Dadurch und nicht durch den Ertrag des Ladens konnten sie eine gewisse Zeit die nötigsten Ausgaben bestreiten. Die Blütezeit des Geschäfts hingegen war endgültig vorüber. Der Versuch, zu diesen wunderbar erfolgreichen Zeiten zurückzukehren, misslang gründlich – eine leitende Hand, wie die der Kalten Gwendolyn in ihren besten Jahren, fehlte überall. Im verfälschenden Rückblick erschien alles so mühe- und widerspruchslos.

Eines Morgens standen Jaron und Fynn am Fenster und betrachteten die umherschwebenden Schneeflocken.

„Ist das nicht wunderschön?", flüsterte Jaron überwältigt.

Fynn nickte. Er liebte diese gemeinsamen Momente, lauschte und fühlte den feinen Zauber der Welt. Diese herrliche Empfindsamkeit wurde gleichzeitig von dem störenden Gedanken durchzogen, dass es doch längst Zeit war, den Laden aufzuschließen. Aber dies war seinem Vater in solchen Momenten gleichgültig, solche Pflichten hatten für Jaron keine Bedeutung. Für ihn war Schnee etwas anderes, als für den unablässig fleißigen Nachbarn. Für Ugrin war Schnee nur ein hinderliches Ärgernis. Seine Arbeiter stapften auch an diesem Tag früh über den Werkhof. Während Fynns Vater seine Hände noch an einer Tasse heißen Tees wärmte, zogen sie ruckartig die Krägen ihrer Jacken hoch, die einzig sichtbare Reaktion auf die schwebenden weißen Traumflocken, wie Jaron sie nannte. Sie gingen zielgerichtet und energisch ihrem Tagwerk nach, während Vater und Sohn die wohlige Morgenstunde genossen. Die Männer dort draußen brummten kurz unwillig über die Störung durch den Schnee, gingen aber stetig und unbeirrt voran.

Und Jaron harrte noch immer am Fenster aus, hatte Tränen in den Augen und war erschüttert von der Anmut dieser einzigartigen, zerbrechlichen Welt: „Weißt du, ich habe schon als kleiner Junge den Schnee geliebt. Ach, Kinder wissen ja gar nicht, wie schön sie es haben. Alles ist noch neu und einmalig und geschieht zum ersten Mal. Die Welt ist für sie ein einziges Abenteuer."

Irgendwann fragte Fynn so ganz nebenbei, als wäre das gar nicht so wichtig: „Musst du nicht langsam den Laden aufsperren?"

Fynn sagte *langsam*, obwohl er eigentlich hätte sagen müssen: *längst*. Aber er wollte seinen Vater nicht zu brüsk daran erinnern. Ihr Umgang war stets ein sehr sorgsamer, liebevoller, und so redeten sie auch an diesem Morgen äußerst taktvoll miteinander.

„Ach, soll ich wieder den ganzen Tag in der stickigen Bude herumhocken und vergeblich auf Kundschaft warten? Bei dem wundervollen Winterwetter! Ich glaube, heute lassen wir den Laden zu und toben draußen herum. Was meinst du? So wie früher!", schlug Jaron vor und war selbst äußerst begeistert von seinem Vorschlag.

Was würde sein Vater tun, überlegte Fynn, wenn er ihn nicht hätte, der eigentlich auch schon längst zu alt war, um draußen herumzutollen. Dann würde Jaron keine Ausrede mehr haben, sich wie ein Kind aufzuführen.

Wenn sie reich wären, dann musste es prächtig sein, so einen Vater zu haben. Aber sie konnten sich diese freimütige, lebensfrohe Einstellung einfach nicht erlauben.

„Aber der Laden", protestierte Fynn deshalb, aber nur schwach, denn er nahm Rücksicht auf die Gefühle seines Vaters und hütete sich davor, dessen unschuldige, euphorisch-kindliche Freude durch öde Alltagsfakten einzutrüben.

„Ach, es kommt doch sowieso niemand und falls doch, kann er ja morgen wiederkommen."

„Lange gehts nicht mehr gut, nicht wahr?", erkundigte sich Fynn leise.

Es hatte lange gedauert, bis Fynn sich getraut hatte, jene einfache Frage zu stellen. Seit Monaten zauderte er und hielt diese Worte zurück, während sie in ihm immer dringender und quälender wurden.

Unaufhörlich sahen sie den fröhlich umhertaumelnden Schneeflocken zu. Fynn spürte, dass Jaron trotz allem glücklich war. Er beneidete ihn um diese wertvolle Fähigkeit. In der merkantilen Welt würde er wahrscheinlich scheitern, aber Jaron sah jegliches sinnlose Bemühen der eitlen Menschen, etwas zu erreichen, statt zu lieben, voraus: All diese törichten Unternehmungen sterblicher Individuen, statt sogleich im Paradies des zärtlichen Gefühls aufzugehen.

„Was soll dann aus uns werden?", wagte Fynn zu fragen, nachdem er nun schon einmal damit angefangen hatte. Es tat ihm sogleich leid, Jaron mit dieser Frage aus seinem träumerisch-engelsgleichen Zustand zu holen.

„Ich werde mir wohl eine Stelle suchen müssen."

Fynn erschrak nicht wenig, denn Jaron hatte bisher nur einmal außerhalb des Hauses gearbeitet. Wie sollte sein weltfremder Vater eine Stelle finden? Und wenn er eine finden würde, wie sollte er unter solchen Männern bestehen, die im heftigen

Schneegestöber unbeirrt und breitbeinig umher-
stiefelten, um einen Lastwagen mit schwerem Material zu beladen? Dies erschien unmöglich. Fynns
Herz durchzog sich mit Furcht. Die Vorahnung eines nahenden Verhängnisses wurde zur drohenden
Gewissheit.

Indessen wuchsen Tyren, Fynn und Demian zu
jungen Männern heran. Demian nahm Ugrins alte
Stelle als Vorarbeiter ein. Tyren wurde sich mit seinem Vater einig. Er würde in die Hauptstadt gehen,
um dort eine elitäre Karriere anzutreten.

Jaron und Fynn hingegen suchten seit geraumer
Zeit nicht länger nach verkäuflichen Waren in den
reichlichen Beständen, von denen sie kaum etwas
verkauft hatten, sondern nur noch nach versteck-
tem Geld, das ihnen helfen könnte, noch eine Zeit
lang so weiter zu leben wie bisher. Da jedoch irgendwann alle Zimmer bis auf die letzten Winkel
durchsucht und keine weiteren, zu Anfang unerwarteten, dann sehnsüchtig erhofften und inzwischen dringend benötigten Funde zu erwarten waren, war Jaron tatsächlich früher als befürchtet dazu
gezwungen, sich um eine Stelle zu bemühen. Zudem war der Umsatz auch Jahre nach der Eröffnung geringer, als er sich das in den fröhlichsten
Stunden ausgemalt hatte, was Jaron noch immer in

Erstaunen versetzte. Seine Position im Haus der reichen Familie war inzwischen besetzt worden, also musste er sich etwas Neues suchen.

Weltfremd wie Jaron nach wie vor war, redete er mit großem Enthusiasmus von den Möglichkeiten, die sich im Straßenbau ergaben. Diese schwere Tätigkeit musste er jedoch fern von Zuhause ausüben. Fynn würde, hoffentlich nur vorübergehend, auf sich allein gestellt sein.

„Fleißige Arbeiter werden immer gesucht", sagte Jaron eines Abends, und Fynn war sich wieder einmal nicht sicher, inwieweit sein Vater selbst an solche Aussagen glaubte oder lediglich vorgab, deren Konsequenz ernsthaft zu erwägen.

„Im Straßenbau, Vater?", frage Fynn und musste mehrmals schlucken, um die aufsteigenden Tränen niederzukämpfen. Fynn konnte sich seinen schmächtigen, zarten Vater im Straßenbau nicht vorstellen. Das war harte Arbeit, und dafür war Jaron nicht gemacht.

„Ja, denn dort verdient man durch ehrliche Arbeit ehrliches Geld", meinte Jaron, und Fynn zweifelte an den Worten seines Vaters. Zu oft hatten sich Jarons Annahmen als schlichtweg falsch herausgestellt.

„Das ist ganz anders als in so einem Laden. Da sitzt man bloß herum und wartet auf Kunden, die nicht kommen. Eine an sich undankbare Sache. Die Zeiten ändern sich nun mal. So ist das schon immer gewesen und so wird das auch immer sein. Das Paradies lässt sich jeweils nur für Momente festhalten. Als Kaufmann erfolgreich zu sein, dafür bin ich wohl einfach nicht gemacht."

Aber für den Straßenbau doch auch nicht, dachte Fynn, aber er konnte seine Zweifel nicht aussprechen. Diese wurden zu einer neuen Befürchtung, und er wusste nicht, ob und wann er diese äußern sollte. Schließlich fielen ihnen solche Gespräche stets sehr schwer.

Außerdem hatten sie neue Ware im Laden liegen, die noch nicht bezahlt war. Dies war Jarons letzter Versuch zur Belebung des Geschäfts gewesen. Er hatte allzu optimistisch ausgerechnet, mit wie viel Gewinn sie die Erzeugnisse verkaufen und danach spielend die nach und nach angehäuften Schulden bei den Großhändlern begleichen würden. Dieser Erfolg blieb aus, weil die Waren weiterhin unverrückt in ihren Regalen lagen. Die ersten Zahlungserinnerungen trafen ein, daraufhin folgten erste und bald schon dringendere Mahnungen.

„Ich werde es wohl nicht rechtzeitig schaffen, Geld zu senden, um all diese Rechnungen zu bezahlen", meinte Jaron wenige Tage vor seiner Abreise zu Fynn.

Fynn sah seinen Vater an und wartete geduldig ab, was dieser zu sagen hatte.

„Es wird nicht anders gehen. Ich werde zu Ugrin gehen. Er ist immerhin unser Nachbar und als Kinder haben Tyren und du doch immer so schön miteinander gespielt. Das hat er bestimmt nicht vergessen. Ugrins Geschäfte laufen glänzend, er wird immer mächtiger. Für ihn sind unsere Schulden eine Kleinigkeit."

„Das schon, aber …"

„Ja, Fynn. Ich weiß. Irgendetwas wird er dafür wollen. Umsonst gibt Ugrin nichts. Das ist stadtweit bekannt. Ich hoffe nur, dass seine Forderungen nicht zu hoch sind, denn ablehnen kann ich sie nicht. Es fällt mir sonst nichts ein, ich hätte früher anders und entschiedener handeln müssen, aber dafür ist es jetzt zu spät. Wenn Gwendolyn nicht krank geworden wäre, wären wir vielleicht doch dort geblieben, wo wir es gut hatten, statt hierher zurückzukehren, um den Versuch zu unternehmen, zu retten, was ich nicht zu retten vermochte."

Jaron erzählte am Abend vor seiner Abreise, bevor er sich in einer fernen Gegend, trotz seines fortgeschrittenen Alters, im Straßenbau mühen würde, eine letzte Anekdote über die goldenen Zeiten: „Die Leute standen früher bis auf die Straße. So lange waren die Schlangen vor dem Laden gewesen, als ich noch ein kleiner Junge war."

Nach einer kurzen, konfusen Einweisung meinte Jaron: „Irgendwie sollte es so oder ähnlich schon klappen."

Fynn sah dies mit Sorgenfalten, denn noch besuchte er die Schule und Handel und Gewerbe waren ihm völlig fremd. Bisher hatte er ausschließlich beobachtet, wie es nicht funktionierte. Fynn beherrschte also nur, was er von seinem Vater gelernt hatte. In die Schule würde er von nun an nicht mehr gehen können.

Fynns Vater hatte vor seiner Abreise zwar erzählt, dass die Leute einst bereit gewesen waren, lange zu warten, um in den Laden zu gelangen. Aber worauf der einstige Erfolg zurückzuführen war, das vergaß er zu erwähnen oder wusste es schlicht und einfach nicht. Jaron hatte sich wie stets auf das Ausmalen seiner Anekdote beschränkt und verschwendete keinen Gedanken daran, wie dieser verheißungsvolle Zustand je wieder erreicht werden könnte, um an die profitreiche Vergangenheit anzuknüpfen.

Nach Jarons Abreise musste sich Fynn um alles kümmern. Die Händler holten die neuen Waren zurück. Jaron und Fynn hatten von nun an nichts als ein Darlehen beim Nachbarn und die Ladenhüter aus der Zeit der Verwirrtheit der Kalten Gwendolyn. Das Haus war als Sicherheit für den Kredit an Ugrin verpfändet worden. Jaron hatte Fynn seinen Plan erklärt: „Sobald die letzte Rate getilgt ist, die ich mit meinem Lohn abbezahlen werde, kann ich zurückkommen. Dies ist nun doch einmal ein exzellenter Plan. Noch ist es mit mir nicht zu Ende. So gewinnen wir kostbare Zeit, wenn der Preis auch hoch ist, denn wenn wir Ugrin nicht jeden Monat rechtzeitig Geld senden, bekommt er den Laden und das Haus, mit allem, was sich darin befindet."

In den Wochen vor seiner Abreise legte Jaron mehrmals seine Hand auf den Bauch und verzog das Gesicht schmerzvoll. Er lehnte es ab, einen Arzt zu besuchen, denn dieser könne ihm auch nicht helfen.

Jaron schwadronierte stattdessen munter drauflos: „Womit soll ich einen Arzt bezahlen? Mit Waren, die keiner will? Der wird sich schön bedanken. Nein, die Schmerzen werden bald nachlassen. Schuld daran sind die Sorgen, die ich mir ums Geschäft mache. Sobald ich genug verdient habe, werden die Beschwerden wie von selbst verschwinden. Ursache und Wirkung. So einfach ist das."

Jaron schlug am Morgen seiner Abfahrt vor, dass Fynn sein Zimmer vermieten solle. „Damit ein wenig Geld hereinkommt, du musst ja etwas haben, von dem du leben kannst."

„Ich führe doch den Laden weiter."

„Ob der genug abwirft?", argwöhnte Jaron. „Man weiß ja nie, vielleicht gelingt es dir, dann lass es mich wissen, in dem Fall kehre ich nach Hause zurück und du darfst mich anstellen. Für dich, mein lieber Fynn, würde ich nur allzu gerne arbeiten. Dadurch würde alles, was ich dir beigebracht habe, auf mich zurückfallen. Ein interessanter Gedanke."

„Und der Kredit? Ugrin wird nicht zaudern, wenn die Raten nicht pünktlich beglichen werden."

„Keine Sorgen, die übernehme ich mit meinem Lohn. Ich werde immer rechtzeitig bezahlen. Du kannst ganz beruhigt sein."

Obwohl auf Jarons Aussagen selten Verlass gewesen war und er sich oft in seinen Annahmen und Voraussagen getäuscht hatte, war diesmal ein besonderer Unterton in seiner Stimme. Fynn hoffte, dass sein Vater dieses Versprechen, vielleicht gerade, weil es so schwer zu erfüllen war, einhalten würde. Es war ein tränenreicher Abschied. Noch nie waren Jaron und Fynn länger als ein paar Stunden voneinander getrennt gewesen.

Fynn wohnte von nun an, wie damals seine Großmutter Gwendolyn, allein im Haus. Jaron gelang es, jeden Monat Geld zu senden, um die Raten des Kredits zu tilgen. Fynn hingegen beschränkte sich darauf, die unzähligen Waren, die der Kalten Gwendolyn im Übermaß geliefert worden waren, zu äußerst niedrigen Preisen zu verkaufen. Dies sprach sich herum. Fynn gewann eine vorsichtige Kundschaft, die bei ihm ihre Vorräte auffrischte. Wenn das, was sie erwarben, auch Altersspuren aufwies, konnte es dennoch verwendet werden. Manche kamen vielleicht nur zu ihm, weil sie sich die Dinge in anderen Geschäften nicht leisten konnten. Fynn bediente jeden Kunden auf liebenswürdige Weise und lauschte deren Erzählungen und Klagen, ihren ungebetenen Ratschlägen und persönlichen Schwierigkeiten, hervorsprudelndem Tratsch und allerlei persönlichen Geschichten. So lernte Fynn die Menschen kennen. Er war jung und beschränkte sich, bis auf notwendige Erwiderungen, aufs Zuhören.

Fynn hatte in den unzähligen Stunden, die er täglich im Verkaufsraum verbrachte, nicht viel zu tun. Er fand ein Buch, das seiner Mutter gehört hatte, saß damit hinter dem Tresen und las Seite um Seite in Rimbauds *Eine Zeit in der Hölle*. Ein unverständliches Buch, schimpfte Fynn, nachdem er ein paar Seiten gelesen hatte, legte den schmalen Band weg, holte ihn aber bald wieder hervor. Denn obwohl der Text schwer zugänglich war, faszinierten ihn die ungewöhnlichen Sätze. Nur selten wurde er bei der Lektüre von den wenigen Kunden, die sich in den Laden verirrten, unterbrochen. Fynn stellte sich manchmal vor, wie er noch hier säße, wenn es längst nichts mehr zu verkaufen geben würde. Fynn führte somit auf erstaunlich ähnliche Weise das unbedachte Leben seines Vaters fort. Das würde so lange möglich sein, bis eines Tages Jarons Geld ausbleiben und nicht länger in die unersättliche Kasse des Nachbarn fließen würde. So sah Fynns Plan aus, der genaugenommen keiner war, sondern eher ein Abwarten.

In unregelmäßigen Abständen erhielt Fynn Briefe von Jaron, in denen dieser Begebenheiten darstellte, die weder Aufschluss gaben, wie es ihm ging, noch wann er zurückkommen würde. Jaron schrieb wenig über seine neue Existenz im Straßenbau, sondern stellte stattdessen kleine Erfahrungen dar, etwa wie eine Kuhherde sie hartnäckig bei der Arbeit betrachtete, bis der Bauer diese schließlich weggetrieben hätte. Eine Kuh brach jedoch aus und kehrte an ihren Zuschauerplatz zurück. Dies war für ihn an diesem Tag ausreichend Bestätigung seiner Arbeit, da sogar Kühe sich dafür interessierten. Von dem Vorarbeiter sei kein Lob zu erwarten, der triebe sie mit ständigen Forderungen nach zügiger und immer rascher zu erledigender Arbeit an.

Fynn lebte von dem, was er abends in der Ladenkasse vorfand. Das musste genügen, um Essen zu kaufen. Sonst hatte er keine Ausgaben, aus dem einfachen Grund, weil er diese nicht bestreiten konnte. Wenn am Haus etwas auszubessern war, dann suchte er nach Material, welches zwar nicht immer das geeignetste war, sich aber in den unergründlichen Räumen des alten Gebäudes fand. Also nagelte er ein kleines Brett an die Außenwand, von der sich eine Holzschindel gelöst hatte, oder er band einen schiefen Fensterladen in stundenlanger Arbeit mit einer Schnur kunstvoll zusammen. Außerdem verfügte er über mehr als genügend Zeit, und nicht selten traf ein Kunde Fynn an, wie er gerade mit solchen handwerklichen Tätigkeiten beschäftigt war. Es gab Zeiten, da war, bis auf einige kleine Münzen, die nicht genügten, um ausreichend Essen zu kaufen, nichts in der Kasse. Fynn schämte sich, nur eine halbe Handvoll Getreide oder Reis zu erstehen, und wartete lieber auf den nächsten Abend.

Seit drei Tagen war die Kasse unweigerlich leer, als Fynn eine Frau sah, die sich suchend umschaute und schließlich die Straße überquerte. An diesem Tag war er volljährig geworden und hatte erwartet, dass sich dadurch etwas ändern würde, wusste aber nicht, was dies sein konnte. Als die Frau den Laden betrat und fragte, ob er wisse, wo sie eine Unterkunft finden könne, erinnerte er sich an den Vorschlag seines Vaters, dessen Zimmer zu vermieten. Sie bezog noch am selben Tag Jarons Zimmer.

Novalee kannte, da sie aus einer entlegenen Provinz anreiste, niemanden in der Stadt.

Novalee fiel Fynns Zustand auf, und so streng sie gegen Ungerechtigkeiten war, so sehr schlug ihr Herz für die Unterdrückten und Schwachen. Also fragte sie Fynn nach einem Restaurant. Dieser gab gerne Auskunft und Novalee schlug vor, dass er ihr doch den Weg zeigen könne. Vor dem Gasthof bat sie ihn, ihr Gesellschaft zu leisten, sie fühle sich seit ihrer Abreise etwas einsam, wolle nicht allein essen und würde ihn gerne einladen, schließlich hätte er ihretwegen den Laden geschlossen und sie hierhergeführt. Novalee benötigte große Überredungskünste, bis Fynn schließlich einwilligte. Noch nie hatte sie jemanden an einem Abend so viel essen sehen.

Novalee trat am nächsten Tag ihre Stelle an und gründete bald schon eine Theatergruppe, weil sie das Schauspiel liebte. Sie überredete Fynn mitzuwirken. So wurde Novalee auch zu Fynns Lehrerin. Zunächst war Fynn von Novalees aufmerksam-beobachtender Art beeindruckt. Nach und nach lernten sie sich besser kennen. Novalee war ganz anders als Jaron, und was sie sagte, hatte stets Hand und Fuß. Sie war keine Tagträumerin wie sein

Vater, der die Fantasie über alles liebte. Novalee schätzte hingegen die zahllosen Welten, die in Büchern beschrieben wurden.

Bald schon sprachen sie angeregt über das Rimbaud-Büchlein, welches Fynn ausgiebig studiert hatte, was Novalee sehr überraschte. Sie hielt diese Textsammlung für äußerst ungewöhnlich.

Nahezu alles, was Novalee sagte, faszinierte Fynn. Novalee war acht Jahre älter als er, und weil Fynn sich vom ersten Augenblick an hoffnungslos in Novalee verliebt und sie seine Rimbaud-Lektüre gelobt hatte, las er mit einem geradezu glückseligen Gefühl wieder und wieder dieselben Zeilen. So mystisch diese auch schienen, lernte er nach und nach Seite für Seite auswendig, in all den endlosen Stunden, die er im Laden saß und seinen bescheidenen Handel mit den verbliebenen Gütern aus Gwendolyns versunkener Epoche betrieb.

Dennoch würde es wohl bald an der Zeit sein, dieses zweifelhafte Kapitel zu beenden. Sogar die treusten Käufer hatten sich nach und nach mit dem in Fynns Laden Verfügbarem eingedeckt. Da es dort nie neue Waren gab, wandten sich immer mehr dieser letzten Kunden besser sortierten Geschäften zu.

Fynn und sein Vater sandten sich hingegen unentwegt Briefe, in denen sie ihr Zwiegespräch fortführten, wie damals, als sie am Fenster standen und den schwebenden Schneeflocken zugesehen hatten. Sie erzählten kleine Ereignisse, die um sie herum stattfanden, und es war fast ein wenig, als ob sie das Geschilderte gemeinsam erlebten, während sie die Sätze des jeweils anderen lasen.

„Dann war es also eine gute Idee, mein altes Zimmer zu vermieten!", schrieb Jaron, denn er liebte es manchmal, sich selbst zu loben. Hatte er zu sehr von Novalee geschwärmt, fragte sich Fynn. Ahnte der Vater, dass er Novalee liebte? Der weltfremde Jaron kannte ihn von allen am besten, jedes Glücksgefühl und jede Betrübnis seines Sohnes hatte er stets bemerkt und sich immer mit ihm gefreut oder mit ihm gelitten.

Fynn saß weiterhin täglich im Laden, las und wartete nur nebenbei darauf, dass jemand den Verkaufsraum betrat. An diesem Morgen kam eine altbekannte Kundin, die längere Zeit ausgeblieben war. Sie verhielt sich anders als sonst, griff nicht nach dem, was sie sonst auch nahm, sondern kramte hier und dort, wirkte ungewohnt unsicher und legte schließlich das auf die Theke, was sie sonst auch immer gekauft hatte. Fynn packte ein, die Kundin bezahlte, aber statt zu gehen, sagte sie: „Die neue Lehrerin wohnt hier im Haus?"

„Ja."

„Nur ihr zwei?", fragte sie missmutig.

„Ja."

„Das geht doch nicht."

„Nein?"

„Alle reden schon darüber."

„Tatsächlich?"

„Und du bist noch so jung."

„In bin volljährig."

„Zudem ist sie auch noch älter."

„Nur acht Jahre."

„Gerade deshalb", stieß die Kundin gereizt hervor. „Sie sollte es besser wissen. Und verheiratet seid ihr auch nicht."

„Dazu gibt es keinen Anlass."

„Nein?!"

„Ich glaube, Sie verstehen da etwas falsch."

„Ich verstehe alles. Alles", schimpfte die alte Frau und verließ den Laden, um diesen nie wieder zu betreten.

Nicht zu bestreiten war, dass an einem Frühlingsabend tatsächlich beinahe ein Liebesabenteuer zwischen Novalee und Fynn begonnen hätte. Ein

gemeinsamer Spaziergang hatte sie zu einer Wald-
lichtung geführt. Novalee und Fynn ließen sich inmitten der emporschießenden Natur nieder, während um sie herum zahllose Vögel lautstark jubilie-
rend miteinander wetteiferten. Sie lachten über einen Schreihals, dem es immens wichtig schien, die
anderen immer wieder zu übertönen. Lange hielten
sie vergeblich nach ihm Ausschau, bis Novalee
endlich den lautstarken Piepmatz entdeckte, ihren
Arm ausstreckte und Fynn an der Schulter fassend
in die angegebene Richtung drehte. Sie wandten
sich einander zu, Gesicht war an Gesicht, und küssten sich, ohne zu wissen, wer seinen Mund auf den
des anderen presste. Die Natur war ein sie umge-
bendes, zugegebenermaßen klischeehaftes, aber
dennoch fühlbares Vorbild, mahnte, sich fallenzulassen und den verlockenden Gefühlen nachzuge-
ben. Ein neuer Zyklus der Pflanzen hatte begonnen. Alles leuchtete frisch, hell und einladend, wie
jeder Neubeginn, wie jedes Jahr der Frühling hoffnungsvoll und vergnügt stimmt. Novalee und Fynn
saßen verzaubert vom Duft der Blüten und küssten
sich fast gegen ihren Willen. Unvermittelt löste sich
Novalee von Fynn, stand auf und taumelte ein paar
Schritte ins Unbestimmte. Fynn folgte Novalee,
nahm ihre Hand, sie entzog ihm diese nach kurzem
Zögern und bat zurückzugehen.

„Aber warum?"

„Ich will mich nicht nach diesen Regeln richten, aber tue es seltsamerweise dennoch. Zudem bin ich Lehrerin und du zu jung."

„Aber ich bin volljährig."

„Das ist richtig", lachte Novalee. „Und ich bin einiges älter. Lass uns jetzt gehen."

„Aber Novalee – ich liebe dich."

„Es ist zu früh. Sie reden sowieso schon alle darüber. Und du verlierst deine letzten Kunden, die sich das Maul darüber zerreißen, dass wir unter einem Dach wohnen."

„Und wenn niemand mehr kommt, wäre es unwichtig. Du zählst für mich, alles andere …"

Fynn näherte sich Novalee, aber sie wies ihn sanft zurück: „Ich bin Lehrerin, und wir sind nicht verheiratet. Es geht einfach nicht."

„Ich will lieber heute als morgen …"

Novalee verschloss Fynns Mund mit ihren Fingern, lächelte ihn an und sagte sanft: „Geduld."

Fynns enttäuschter Gesichtsausdruck brachte Novalee fast zum Lachen.

„Da ist doch noch genug Zeit für uns", sagte Novalee und war unsicher, ob sich dies bewahrheiten oder als Irrtum herausstellen sollte.

Wenig später zog sie aus und nahm eine kleine Wohnung in einem fremden Haus. Novalee murmelte zum Abschied, etwas von helleren Räumen und näher an der Schule gelegen. Fynn sah ihr verzweifelt nach.

Jaron las aus den Briefen seines Sohns einiges heraus, obwohl Fynn kein weiteres Wort über sich und Novalee schrieb. So schlecht er als Geschäftsmann, so hellhörig war Jaron in anderen Bereichen, als ob Gefühle und Geld nicht zusammengingen, sich geradezu gegenseitig ausschlössen.

Novalee lebte seit wenigen Tagen nicht mehr mit Fynn unter einem Dach, als eine Lehrerin vor dem Unterricht lächelnd auf sie zukam: „Novalee, ich habe gehört, du bist dort ausgezogen."
„Ja."
„Das freut mich sehr für dich."
„Warum?"
„Nun, du bist so eine gute Lehrerin und jetzt ist doch alles wieder gut."
„War es das zuvor nicht?"
„Natürlich nicht. Also – ich meine – die Leute reden doch. Gerade die Eltern."
„Geht uns das etwas an?"
„Also, was die Eltern denken, die ihre Kinder zu uns schicken, ist wichtig."
„Ich finde, *du* denkst zu viel."

„Aber Novalee, ich wollte dich doch nur be-
glückwünschen, dass du das Richtige getan hast."

„Meinst du das wirklich so, wie du es sagst?"

„Natürlich. So konnte es doch nicht weiterge-
hen."

„Das kann es wohl wirklich nicht."

So vergingen die Tage von Jarons und Fynns Trennung, als ein Brief eintraf, in dem Jaron schilderte, dass er erkrankt sei. Weiterzuarbeiten sei ihm nicht möglich, im Gegenteil, er läge nun in einem Zimmer, der Pflege bedürftig, betrachte durch ein kleines Fenster den Rand eines nahen Waldes und hoffe auf ein Wunder namens Heilung. Es tue ihm unendlich leid, dass er die Raten von Ugrins Kredit nicht mehr begleichen könne.

Fynn las den Brief, den Jaron in einer fernen Region auf dem Krankenlager geschrieben hatte, und befürchtete, dass dies die letzte Nachricht sein könnte, die er jemals von seinem Vater erhielt. Jaron war zusammengebrochen und seitdem teilweise gelähmt. Der Bautrupp war weitergezogen und hatte ihn zurückgelassen.

Fynn brauchte Geld für die Reise zu seinem Vater. Kurz überlegte er, Novalee darum zu bitten. Aber dann entschied er, die restlichen Waren zu verkaufen, und gab bekannt, dass jeder Bewohner der Stadt holen könne, was er wolle, und dafür geben solle, was er für richtig halte. Fynn machte in den Tagen, die dieser Vorgang in Anspruch nahm,

Erfahrungen mit einer neuen Gattung von Kunden, die nach und nach viele Artikel einpackten. Wenn Fynn sich nicht im Laden aufhielt, fand er wenig Geld in der aufgestellten Kasse vor. Saß er hingegen im Verkaufsraum und las, nahmen wenige etwas mit. Tauchte Fynn unerwartet auf, sahen einige, die gerade mit vollen Armen das Geschäft verlassen wollten, ohne etwas in die Kasse zu werfen, sich genötigt, die Waren abzusetzen und umständlich doch noch etwas Geld hervorzukramen. Mancher tat so, als hätte er dies lediglich vergessen und wäre froh, dass er durch Fynns Eintreffen daran erinnert wurde.

Fynn, der zunächst nur rasch alles loswerden wollte, was seine Familie ruiniert und den einstigen Reichtum seiner Großmutter aufgezehrt hatte, entschied, dass er nun dringend Geld benötige. Er gewöhnte sich deshalb an, die Kunden vor dem Verlassen des Ladens *zufällig* abzupassen. So gelang es ihm, kleine Beträge auf umständliche Weise zu erzwingen. Täglich zählte er die Einnahmen und hoffte, bald die Reise zu seinem Vater bezahlen zu können.

Der Lastwagen des Nachbarn fuhr diesmal nur ein paar Meter weit. Das Haus, in dem Fynn aufgewachsen war, sollte ihm noch vor seiner Abreise weggenommen werden. Die Arbeiter stiefelten in den Flur, Fynn drückte sich an die Wand, sodass sie an ihm vorbeigehen konnten. Keiner sah ihn offen an. Vielleicht würde Ugrin ja gnädig sein. Immerhin waren sie seit Jahren Nachbarn. Zuletzt kam Ugrin. Er schaute sich prüfend um, so wie jemand, der sein neues Eigentum abschätzend betrachtet und auf Tauglichkeit hinsichtlich seiner Pläne prüft. In Ugrins Mienenspiel erkannte Fynn, wie dieser alles innerhalb eines Momentes verwarf, was die Räume dieses Hauses ausgemacht hatten.

„Hast du deine Sachen gepackt?", fragte er leise und würdigte Fynn keines Blickes, als gäbe es keine Vergangenheit und als hätte Fynn nie mit seinem Sohn gespielt. Fynn nickte und flüchtete in sein Zimmer. Er würde wenig mitnehmen, nur so viel, wie er bequem tragen konnte, damit es ihm gelingen würde, auch weite Strecken zu Fuß zurückzulegen.

„Hallo Fynn", erklang eine vertraute Stimme hinter Fynn, der gerade am Boden kniete und ein paar Besitztümer hervorkramte.

Fynn drehte sich um.

„Hallo Tyren."

„Nimmt Ugrin euch also tatsächlich das Haus weg."

Fynn schwieg.

„Was wirst du jetzt tun?"

„Ich reise zu Jaron."

„Ich habe davon gehört. Er arbeitet irgendwo bei einem Straßenbautrupp."

Fynn nickte und verschwieg Tyren den Zustand seines Vaters.

Tyrens Augen verengten sich, als er in einer Ecke eine kleine, rote Schachtel erspähte. Er betrat das Zimmer, nahm das Behältnis, betrachtete amüsiert den Inhalt und griff eine Spielfigur, die einen Bären darstellte, heraus: „Das Bärchen war stets unser größter Held. Ihm widerstand niemand. Weißt du noch?"

„Ja. Natürlich."

„Nun, willst du denn nichts davon mitnehmen?"

„Nein, das gehört jetzt alles Ugrin."

„Er wird wohl kaum damit spielen. Mein Vater hält sich nicht mit Träumereien auf. Das ist wohl eher die Sache deines Vaters."

„Ich lasse alles hier, was ich nicht unbedingt brauche."

„Fynn, wenn du Arbeit suchst – du weißt, in welcher Stadt ich lebe?"

Fynn nickte.

„Gehe dort zu einer Firma namens Nereus und berufe dich auf mich. Man wird dir dann jederzeit entgegenkommen. Mehr …"

„Mehr brauchst du nicht zu tun."

„Was wirst du jetzt machen?"

„Ich gehe in die Stadt und kümmere mich um die Reise."

„In diesem Zimmer wird so lange nichts angetastet werden."

„Gut, dann komme ich später zurück, um ein paar Sachen zu packen."

Fynn flüchtete auf die Straße, weil er nicht mit ansehen wollte, was nun geschehen würde. Als er schon etliche Meter vom Haus entfernt war, drehte er sich doch noch um, denn hinter ihm ertönte Lärm. Die Arbeiter warfen Gegenstände aus den Fenstern, trugen Brauchbares ins Freie und stellten es auf der Ladefläche des Lastwagens ab.

Als Fynn zurückkam, um sein Bündel zu schnüren, hörte er bereits im Flur Lärm aus seinem alten Zimmer dringen. Fassungslos stand Fynn im Türrahmen. Demian zerschlug mit einer ungeheuren Wut, was bis vor kurzem noch ihm gehört hatte. Aber – so war der Vertrag – das Haus und alles was darin war, gehörte nun Ugrin. Tyren war nicht zu sehen. Warum jedoch führte Demian sich so auf? Demian hatte Fynn noch nicht bemerkt, als er unvermittelt in seinem Wüten innehielt und für Momente reglos stand. Demian bückte sich, hob die kleine rote Schachtel auf, öffnete diese und nahm eine Figur nach der anderen heraus, mit denen Tyren und Fynn als Buben am Boden gespielt hatten, als Chiara noch lebte und ihnen ab und zu über die Haare fuhr.

Schließlich bemerkte Demian Fynn: „Ach! Du! Was willst du noch hier?"

„Ich komme, um meine Sachen zu holen."

„Deine Sachen? Dir gehört hier nichts mehr. Das Wenige, das noch etwas wert ist, wird Ugrin verkaufen und den Rest verbrennen wir."

Fynn schaute Demian einen Moment lang an und wollte gerade gehen, als Demian sich vor ihm aufbaute, die rote Schachtel hob und umdrehte. Die Spielfiguren fielen klackernd zu Boden. Demian stampfte mit seinen schweren Stiefeln darauf herum: „Das ist alles, was von dir bleibt. Nichts!"

Fynn sah Demian wortlos an und stellte jene Frage, die er ihm schon als Junge hatte stellen wollen: „Warum hasst du mich so? Was habe ich dir getan?"

„Du bist mir im Weg. Schon immer."

Fynn sah Demian wortlos in die Augen und hatte das Gefühl, einem Wahnsinnigen gegenüberzustehen. Die böswillig hervorgestoßenen Worte Demians verdüsterten Fynns Gedanken, als er sein Elternhaus verließ. Er würde es nie wieder betreten, wollte die leergeräumten Räume nie wieder sehen. Bereits nach einem halben Tag war sein vertrautes Heim zu einem anderen Haus geworden. Dennoch betrat Fynn ein letztes Mal den Laden und hängte einen Zettel an dessen Tür: *Für immer geschlossen. Komme nicht wieder.*

„Alles raus", hatte Ugrin seine Leute angewiesen. „Morgen reißen wir die Wände ein, damit wir Platz für ein Lager gewinnen."

Endgültig untergegangen waren somit jene Zeiten, als Jaron und Fynn den Schneefall durch ein halbblindes Fenster bewundert hatten. Während die Männer Gegenstände auf den Lastwagen luden, trugen sie in Fynns Augen die lebendige Geschichte des Anwesens zu Grabe. Für Ugrins Arbeiter machte es keinen Unterschied, ob sie Steine schleppten oder den Inhalt dieser Räume, nur waren diese Gegenstände leichter als Steine oder Eisen. Ihnen war gleichgültig, was sie taten, solange sie ihren Lohn bekamen, von dem sie und ihre Familien lebten.

Wenige Stunden später, als Fynn sich die Zeit bis zur Abfahrt vertrieb, die erst am nächsten Morgen erfolgen würde, indem er nochmals durch den Ort schlenderte, auch über den großen Markt, entdeckte er Möbel seines Vaters und seiner Großmutter, die bereits zum Verkauf auslagen. Fynn wünschte, er könnte diese Gegenstände, die ihm lieb und teuer waren, erwerben. Mit gleichgültigen Augen wurden diese bereits von fremden Menschen betrachtet. Sie hatten keinen Bezug dazu und prüften, was sie vorfanden, auf seinen materiellen Wert. Sie wussten nichts über die Geschichte der einstigen Besitzer. Während er Jarons Bett betrachtete, dachte Fynn, dass darin sein Vater und einst auch seine Mutter geschlafen hatten.

Nach einer langen Reise trat Fynn an das Krankenbett seines Vaters. Jarons Reaktion war ein nie endendes Lächeln. Hinter dem schmerzverzerrten Gesicht war die Freude über die Anwesenheit seines Sohnes zu sehen. Zudem hatte Jaron endlich wieder jemanden, der seinen Geschichten fasziniert lauschte, fast wie früher, als er für seinen Sohn der Größte gewesen war. Zunächst erzählte Jaron stockend von seiner Arbeit: „Der Anfang war hart. Abends kroch ich erledigt auf mein Lager. Es hat

Monate gedauert, bis ich mich ein wenig daran gewöhnt hatte. Aber dein Vater war zäher, als alle dachten. Sie haben gelacht, als sie mich sahen. Ich wusste jedoch, für wen ich dies tat: Tag für Tag, Schaufel für Schaufel, stundenlang Säcke schleppend. Doch eines Tages zeigte sich völlig unerwartet das Glück, als ich längst nicht mehr zu hoffen wagte. Ein neuer Vorarbeiter ließ mich an einer Maschine arbeiten. Von nun an war es körperlich nicht mehr so anstrengend, und ich zwang mich dazu, ununterbrochen wachsam und zuverlässig zu sein. Ein einziger Fehler hätte mich diesen Posten gekostet, denn Maschinen verzeihen keine Unachtsamkeit. O ja, ich hatte unter Schmerzen gelernt, was das bedeuten würde. Und so begann ich, diese Maschine zu lieben und auf sie acht zu geben, sie keinen Moment lang aus den Augen zu lassen. Den ganzen Tag über gehorchte ich ihren Gesetzen, denn war ich gut zu ihr, war sie gut zu mir. Sonst hätte ich nie so lange durchgehalten. Auf diese Weise konnte ich noch einige Jahre in dieser harten Welt bestehen."

Jaron war an einem heißen Tag, an dem er sich bereits am frühen Morgen schlecht gefühlt hatte, zusammengebrochen. Seitdem war er teilweise gelähmt, konnte nicht ohne Hilfe aufstehen und gehen. Auch das Sprechen fiel ihm schwer. Jaron kam nicht mehr allein zurecht. Er brauchte jemanden, der ihm bei den alltäglichen Verrichtungen half. Jaron war in einem Dorf bei einer Familie untergebracht worden, die vom Vorarbeiter Geld erhalten hatte, welches für die ersten Wochen ausreichte. Fynn suchte den Arzt auf, der seinen Vater behandelte.

„Ihr Vater ist schwer krank, aber er kann dennoch bei guter Pflege und den entsprechenden Medikamenten zumindest etwas genesen – soweit das in so einem Fall nun eben möglich ist. Ganz gesund wird er jedoch nie mehr werden."

Fynn bedankte sich bei dem Arzt, woraufhin dieser erwiderte, dass die Kosten für die erste Behandlung zwar beglichen worden wären, aber die Medikamente, die Jaron künftig benötige, bezahlt werden müssten.

Fynn versicherte dem Arzt, dass er sich auf ihn verlassen könne. Die Familie hatte sich gut um Jaron gekümmert, aber sie waren, wie alle in dieser Region, arm. Also gab es für Fynn nur einen Weg, den in diesen Tagen viele gingen – und der führte in eine der schnell wachsenden Städte, in eine der riesigen Fabriken.

Es fiel Fynn sehr schwer, seinen Vater zurückzulassen, aber er konnte sich nicht um Jaron kümmern und arbeiten. Kurz dachte er darüber nach, ob er mit ihm zu Novalee zurückkehren sollte. Aber das war unmöglich. Sie konnten nicht zu dritt von Novalees Lohn als Lehrerin leben. Es war aussichtslos. Also musste er in die große Stadt und sich dort anstellen lassen, nur so vermochte er seinem geliebten Vater zu helfen. Vielleicht trat mit der Zeit eine Besserung von Jarons Zustand ein, wodurch es Fynn möglich sein würde, ihn zu sich holen.

Bevor Fynn seinen Heimatort verließt, stand er an einem für Novalee bis dahin völlig gewöhnlichen Abend vor ihrer Tür. Nachdem sie ihn hereingebeten hatte, sagte er nach einem Moment der Stille: „Ich werde von hier weggehen."

Fynn vertraute Novalee an, dass er eine Reise antreten werde, um seinen erkrankten Vater aufzusuchen. Daraufhin würde er wahrscheinlich nicht zurückkehren.

Schon sehr früh in ihrem Leben hatte Novalee gelernt, Ungerechtigkeiten zu hassen. Jahre später fragte sie sich, ob das schon immer in ihr war oder durch jenes schreckliche Ereignis hervorgerufen wurde. Ihre ältere Schwester Synni wurde immer wieder aufgrund einer angeborenen Behinderung verspottet. Als jüngere Schwester verstand Novalee das nur nach und nach. Denn innerhalb der Familie liebten alle Synni sehr.

Synni kam unter nie geklärten Umständen ums Leben. Die Schule lehnte jede Verantwortung ab. Novalees Eltern waren bescheidene Leute, die unendlich über den Verlust ihrer geliebten Tochter trauerten, aber jeden Vorwurf hinunterschluckten und meinten: „Das bringt unsere liebe Synni nicht zurück. Sie war so gut. Sie tat nie jemandem etwas zuleide."

Novalees Vater betrieb von da an in stiller Trauer den kleinen Hof, den sie gepachtet hatten. Ihre Mutter setzte unendlich müde die Brille mit den dicken Gläsern auf und führte die Näharbeiten für wohlhabendere Leute fort, deren Stoffe sie mit mancher Träne benetzte. Novalee hingegen weinte tagelang, verfiel zwischendurch in heftige Wutanfälle und bewarf eines Tages die ehemaligen Mitschülerinnen ihrer toten Schwester mit Steinen. Diese bekamen Novalee zu fassen und prügelten sie blutig. Dennoch wehrte sie sich, war außer sich vor Zorn – und vielleicht hätten sie Novalee weiter und weiter geschlagen, wenn nicht ein Erwachsener herbeigeeilt wäre. Lange Zeit hasste Novalee die Welt für ihre Ungerechtigkeit, für ihre Grausamkeit, für ihre Gleichgültigkeit gegenüber den Schwachen und verachtete die Mächtigen, die den Unterdrückten nicht ausreichend halfen.

Vielleicht galt deshalb viele Jahre später ihre erste Liebe einem zärtlichen, ruhigen jungen Mann, der Novalee viel von seinem Vater erzählte, einem phantasievollen, lebensuntüchtigen Schwärmer. Novalee äußerte die Meinung, dass solche Träumer oft die besseren Menschen seien, die weitaus weniger Schaden anrichten als die Erfolgreichen und Starken.

Novalees Eltern wurden nach Synnis Tod zu schwermütigen Menschen, die sich nie von diesem Schlag erholten. Zudem machten sie sich große Sorgen, um Novalee. Ein Lehrer meinte, dass die Folgen derartiger traumatischer Erlebnisse nicht bis ins Letzte ergründbar seien. Nach dem Tod ihrer Schwester galt Novalee als rauflustig, manche sagten widerspenstig oder streitsüchtig – aber sie schloss gleichzeitig jene Wenigen, denen ihre Liebe galt, umso tiefer in ihr Herz, und bei ihnen war sie weich, zärtlich und liebevoll.

Novalee verbrachte ihre gesamte Kindheit in einer abgelegenen Region. Mit ihrer eigensinnigen und hartnäckigen Art überwand sie viele Hindernisse und brachte es durch die Fürsprache eines wohlwollenden Lehrers so weit, dass sie selbst zur Lehrerin ausgebildet wurde. Als Novalee sich von ihren geliebten Eltern verabschiedete, umarmte ihre Mutter sie und flüsterte ihr unter Tränen ins Ohr: „Ich weiß, du haderst mit Synnis Tod. Aber such dein eigenes Glück, denk nicht immer nur an Gerechtigkeit – diese gibt es nicht auf Erden. Vergib um deiner selbst willen, auch wenn es schwierig ist."

Ob es wirklich Momente gibt, die unser Leben verändern? Wenn Novalee ein Ereignis benennen sollte, das ihr Leben verwandelte, würde sie nicht zögern und schildern, wie sie auf der Suche nach einer Unterkunft einen unauffälligen Laden betrat, in dem ein junger Mann saß und las. In dieser Stunde begann etwas, das ihr Leben umformen sollte. Sie würde von der gemeinsamen Zeit berichten und wie sie sich dabei näherkamen. Zunächst spielerisch, später jedoch ungestüm und verzweifelt, steuerten sie auf ein völlig unbedachtes Liebesabenteuer zu. Nach den Theaterproben schlenderte die Schauspieltruppe oft zu einem Weiher. Manchmal picknickten sie dort in den Kostümen einer unlängst versunkenen Epoche. Herabhängende Äste der Trauerweiden, hochstehendes Schilf, eilig um imaginäre Ecken schwirrende Insekten, vielerlei Vögel flatterten aus Büschen und Bäumen direkt in das herrliche Blau des Himmels, Frösche lärmten vielstimmig, elegante Schwäne segelten blasiert dahin – all dies und die königlich-entzückenden Seerosen bildeten eine anmutige Szenerie, die sie in ihrer aus der Zeit gefallenen Kleidung betraten. Die verzauberte Landschaft schuf eine grandiose, geradezu unwirkliche Kulisse ihres Theaterstücks. Sie wurden zu Statisten einer Momentaufnahme, die ein verschwenderischer Maler in seinem Gemälde festhielt. Eine besondere Zeit, die längst unwiederbringlich verloren war. So oft sich Novalee auch daran erinnerte, jene glückseligen Momente würde sie nie zurückholen können.

Als Novalee sich gerade noch rechtzeitig zur Vernunft rief, bevor es zu einer Vereinigung mit Fynn kommen konnte, kostete sie dies viel Kraft und war für beide Seiten äußerst schmerzvoll. Danach gingen sie sich aus dem Weg. Bis Fynn ihr am Vorabend seiner Abreise verriet, dass er wohl nicht zurückkehren, sondern in eine große Stadt ziehen wolle, was Novalee nicht sehr überraschte, da inzwischen viele versuchten, dort ihren Lebensunterhalt zu bestreiten. Aber sie versuchte ehrlich zu sein: Es regte sich ein Gefühl von Neid in ihr. Er würde abreisen – und sie hierbleiben.

Diese Gedanken verbarg Novalee vor Fynn und fragte ihn: „Warum gehst du?"

„Hier kann ich nicht länger bleiben. Es gibt kein Auskommen für mich und unser Haus gehört jetzt Ugrin. Schon morgen früh reise ich ab."

Ihr Abenteuer lag einige Zeit zurück. Fynn bedeutete Novalee noch immer viel: „Etwas hat sich geändert."

Fynn sah Novalee fragend an.

„Du bist nicht mehr mein Theaterschüler."

Fynn schien vor Novalee zu erstarren. Er lag ganz offensichtlich mit sich im Widerstreit.

„Was das Glück des gesicherten Lebens angeht, häuslich oder nicht ... nein, ich kann es nicht.[1]*"*

„Oh, du zitierst Rimbaud", rief Novalee überrascht aus.

Fynn nickte: „Ich hatte es lange Zeit beiseitegelegt, weil seine Sätze so unverständlich erschienen und ich keinen Sinn darin entdecken konnte. Damals habe ich den Wert des Buches nicht verstanden. Inzwischen erfuhr ich, wie hart das Leben sein kann, und nahm es deswegen erneut zur Hand. Nachdem du gegangen bist, war ich viel allein und lernte es auswendig."

„Ich bin beeindruckt."

„Ja, ich habe mich endlos damit auseinandergesetzt. Aber ich musste erkennen, dass die Liebe zu Büchern, ohne zu handeln, mich nicht retten kann, sondern eine notwendige Bestimmung sogar verhindert. Rimbauds Sätze rufen eine starke Unruhe in mir hervor, die mich nicht mehr loslässt. Sie haben mich nachdenklich gemacht und in Zweifel gestürzt. Das Buch ist wie ein Orakel. Es ist Gift und Bereicherung zugleich."

„Früher hast du gestöhnt, wie schwierig es sei", lachte Novalee.

„Vaters letzter Brief brachte mich dazu, endlich etwas zu unternehmen."

„Es hat sich in der kurzen Zeit viel geändert", sagte Novalee nachdenklich.

„Als wir zusammen unter einem Dach lebten, war alles noch so unbeschwert und …"

„Und?"

„Komm doch mit mir, Novalee!"

„Mitkommen? Einfach so?"

„Was gibt es hier noch für dich als Lehrerin zu tun? Viele junge Leute verlassen unsere kleine Stadt."

„Das stimmt. Aber gerade deshalb sollte ich bleiben. Und wie du weißt, kann ich dem Leben in den großen Städten nichts abgewinnen. Setz dich doch und erzähl mir alles in Ruhe."

Fynn zeigte Novalee Jarons Brief und erzählte ihr von der schweren Krankheit seines Vaters, wie ihm das Haus weggenommen wurde und er dadurch in seinem Heimatort eine endgültige Niederlage erlitten hätte. Er wolle in die Fremde ziehen, um es dort zu etwas zu bringen. Wenn, dann werde er als erfolgreicher Mann zurückkehren. Er wisse, dass er sein Glück nur woanders machen könne. Hier sei alles so festgelegt und er käme nicht aus dem Gewohnten heraus. Vergeblich versuchte Novalee, ihn umzustimmen. Fynn war wohl zu verletzt, um darauf einzugehen. Sie dachte daran, dass sie sich damals seinen Küssen entzogen hatte. An diesem Abend war er äußerst zurückhaltend. Als Fynn bereits die Türklinge in der Hand hielt, fragte Novalee: „Wo schläfst du?"

„Ich werde schon einen Platz finden, hier kenne ich mich ja aus."

Sie sahen sich einen kostbaren Moment lang schweigend an, bis Novalee leise sagte: „Bleib heute Nacht bei mir."

„Das geht nicht. Ich gehe fort, aber du bist Lehrerin. Wenn jemand davon erfährt, wird es für dich Folgen haben."

„Ich will es so. Bitte geh jetzt nicht."

Als die Morgendämmerung einsetzte, versuchte Novalee nicht, Fynn zurückzuhalten. Er musste zu seinem kranken Vater reisen, der irgendwo hilflos und krank in einem kleinen Zimmer lag. Müde blinzelnd stand Fynn früh auf, damit niemand sah, wie er im Zwielicht das Haus verlassen würde. Er beugte sich nochmals zu Novalee herab. Sie küssten sich ein letztes Mal. Sie stand auf, begleitete Fynn zur Tür und schob den Widerstrebenden hinaus. Im letzten Moment forderte sie ihn auf, ihr zu schreiben. Fynn fand kaum die Kraft, Novalee zu verlassen, und sie spürte, dass ihn alles danach drängte, bei ihr zu sein.

Die Ungewissheit, nicht zu wissen, wann sie sich wiedersehen würden, quälte Novalee, genauso die Frage, wie das Abenteuer seiner Reise verlaufen würde. Nun gehörte also auch Fynn zu den Unzähligen, die diesen Teil des Landes verließen. Sie hatte von Anfang an beträchtliche Hoffnungen in Fynn gesetzt. Er war ein guter Theaterschüler gewesen, der rasch verstand, aber auch schnell enttäuscht war, weil ihm manches zu langsam voranging. Lächelnd musste Novalee an die Zeit ihrer anfänglichen Bekanntschaft zurückdenken, auch an den ersten Abend in dem einfachen Speiselokal, und wie hungrig Fynn gewesen war.

Dass Fynn endgültig abreiste, zuvor noch zu ihr gekommen und über Nacht geblieben war, stürzte Novalee in nicht geringe Verwirrung. Noch am selben Tag zog sie das Rimbaud-Büchlein hervor und las darin. Bei der Lektüre verstand Novalee, warum Fynn so von dem Buch gesprochen hatte. Er hatte darin wohl Auskünfte über seine Situation gefunden. Ob Rimbauds Sätze Fynns Situation tatsächlich darstellten, oder er nur glaubte, dass sie dies taten? Novalee schlug einen Satz nach, den Fynn erwähnt hatte. *Ich mußte auf Reisen gehen, die Zauber verscheuchen, die sich in meinem Gehirn versammelt hatten.*[2]

Tatsächlich! Ein unbestechliches Orakel! Wehmütig lachte Novalee über Fynns exaltierte Auslegung und legte das Buch kopfschüttelnd zur Seite. Es war eine einfache Sache. Wieder trieb die Mittellosigkeit jemanden von hier weg, der darauf hoffte, in einer der großen Städte ein besseres Leben zu finden. Ein gewagtes Unterfangen!

Von diesem Tag an kreisten Novalees Gedanken um Fynns Wohlergehen, und da sie keine Nachricht erhielt, wuchsen ihre Befürchtungen. Diese wurden beständig stärker und das Rimbaud-Büchlein, musste sie sich ironisch eingestehen, wurde auch für sie immer mehr zu einem Orakel. Natürlich nicht, weil es ein Orakel war, sagte sie sich, sondern weil sie es so sehen wollte.

Novalee griff oft, anfänglich mit spöttischer Miene nach dem dünnen Buch, das ihre Trägheit attackierte. All die Sätze, die sie früher vielleicht gelobt, aber nach denen sie nie wirklich gelebt hatte, wurden zu einer Wahrheit, als gäbe es eine verborgene Gerechtigkeit, wenn auch niemand an diese glaubt. Und doch bewahrt diese auf unbestechliche Weise einen bedeutungsvollen Zustand des

Bewusstseins auf und bringt ihn zum richtigen Zeitpunkt zurück.

Aber noch wehrte Novalee sich entschieden gegen jene Verführung, die mahnte aufzubrechen, etwas Neues zu erleben, die kleine Welt hinter sich zu lassen, in der sie sich ohne größere Zwischenfälle eingelebt hatte. Empfindlich und gereizt verscheuchte Novalee die Zweifel, die sie belagerten. Schließlich hielt die strikte Struktur ihrer Arbeitstage den Anfällen von Unruhe stand. Nach und nach verlor sich der Eindruck von Fynns Besuch und ihrer gemeinsamen Nacht in immer tieferen Bereichen ihrer Seele.

In der herrlich unbeschwerten Anfangszeit, als Novalee und Fynn noch die Spaziergänge zu ihrem Lieblingsplatz am Weiher unternahmen, trafen sie einmal Tyren. Obwohl sie sich nur kurz unterhielten, machte Tyren einen ungewöhnlichen Eindruck auf Novalee. Dabei konnte Novalee nicht sagen, ob sie ihn mochte. Tyren war so ganz anders als Fynn, seine ganze Art bestimmter und seine Worte zielgerichteter.

In der Nacht vor seiner Abreise erzählte Fynn, dass sie als Kinder eine schöne Zeit verbracht hätten, und Tyren fast täglich bei ihnen gewesen sei.

„Ob er sich wohl noch daran erinnert? Wer hätte damals gedacht, dass das Haus, welches seit Generationen im Besitz der Familie war, an Ugrin verpfändet und somit eines Tages in den Besitz des Jungen übergehen würde, der mit leuchtenden Augen vor unserer Tür gestanden hatte? Seltsam, wie sich die Dinge im Lauf der Jahre entwickeln. Ist es nicht eine merkwürdige Angewohnheit, davon auszugehen, dass gewisse Zustände für alle Zeiten festgelegt sind?"

„Ja, vieles ändert sich weitaus schneller als erwartet. Auch dass du jetzt abreist", erwiderte Novalee leise.

Fynn berichtete noch, dass Tyren zumindest versucht habe, ihm zu helfen. Aber Demian hätte seiner alten Abneigung gegen ihn freien Lauf gelassen: „Ich verstehe nicht, dass er mich noch immer so sehr hasst. Es war geradezu beängstigend. Demian machte auf mich den Eindruck eines Wahnsinnigen."

II. Teil

Im Bann des Fließbands

Novalee hatte nach wenigen Wochen Gewissheit über ihren Zustand. Sie dachte über die Nacht von Fynns Abschied nach: Ich wollte ihn nicht gehen lassen, ohne unsere Liebe wenigstens einmal zu leben. Oder sehnte sich etwas in mir danach, ein Kind von ihm zu bekommen? Wollte ich eine unlösbare Verbindung zwischen uns? Je länger ich darüber nachsinne, desto deutlicher wird, dass ich nichts mehr will, als mit Fynn eine Familie zu gründen, um unser Kind gemeinsam großzuziehen. Und er weiß noch nicht einmal etwas davon. Soll ich ihm schreiben? Wir können unsere Zukunft nur gemeinsam planen. Wem kann ich mich anvertrauen? In einer kleinen Stadt ist es für eine ledige Lehrerin unmöglich, ein Kind zu bekommen und die Stellung zu behalten. Ich werde es also so lange wie möglich verbergen.

Einige Zeit nachdem Novalee Gewissheit über ihre Schwangerschaft hatte, traf sie unerwartet Tyren auf der Straße. Er schien sehr erfreut, Novalee zu sehen und lud sie ein, mit ihm zu essen. Als

Novalee ablehnte, meinte Tyren, dass er ihr etwas über Fynns Aufenthaltsort sagen könne. Novalee entgegnete, dass er ihr das doch auch jetzt gleich mitteilen könne. Tyren lachte und meinte, dass dies stimme, aber er selten etwas umsonst preisgäbe. Als Novalee auf eine Antwort verzichtete, zeigte sich auf seinem Gesicht ein unergründliches Lächeln. Er betrachtete Novalee interessiert und nannte ihr den Namen der Stadt, in der Fynn arbeitete. In einer Fabrik namens Nereus. Er selbst sei dort in gehobener Position tätig und habe Fynn, der alten Zeiten wegen, diesen Hinweis gegeben, ihn dort in Empfang genommen und ein Angebot gemacht, welches Fynn jedoch leichtfertig ausgeschlagen habe und sich stattdessen als einfacher Arbeiter verdinge. Aber Fynns Familie sei in geschäftlichen Dingen ja stets sehr sorglos und wenig auf den eigenen Vorteil bedacht gewesen. Fynn setze diese Tradition offensichtlich fort, und er sei gespannt, wie lange Fynn dies durchhalten würde, denn seine Arbeit am Fließband sei sehr beschwerlich. Er verstände nicht, wie jemand ein Angebot, in der Hierarchie aufzusteigen, ausschlagen könne, um dafür ein härteres Los anzunehmen. Novalee bedankte sich bei Tyren für die Auskünfte und verabschiedete sich, wobei Tyren nicht darauf verzichtete, Novalee zu versichern, dass seine Einladung weiterhin gültig sei. Wo und wann sie wolle, sei sie sein Gast. Diese Art Tyrens, seinen Willen unbedingt respektiert zu sehen, missfiel Novalee. Die nächsten Tage achtete Novalee darauf, Tyren vor seiner Abreise nicht nochmals zu begegnen.

Abgesehen von der Gewissheit, dass sie schwanger war, durchlebte Novalee seltsame Tage ohne besondere Ereignisse, die unterschiedslos ins graue Reich der Vergangenheit hinabsanken. Sie dachte viel über die Trennung von Fynn nach und kam zu dem Schluss, dass es diese Zwischenzeiten sind, die einen Großteil unseres Lebens ausmachen, in denen es keine faszinierenden Höhen und schmerzvollen Tiefen gibt, als seien Menschen nicht in der Lage, dauerhaft in Extremen zu bestehen. Novalee vergaß Fynn nie, aber die Zeit legte sorgsam unsichtbare Schichten über die kostbaren Erinnerungen. Gewöhnliche Angelegenheiten traten in den Vordergrund, bis Novalee endlich einen ersten Brief von Fynn erhielt.

Verehrte Novalee,

endlich finde ich den Mut, dir zu schreiben. Zwar möchte ich berichten, wie es mir bisher ergangen ist – aber wie beginnen? Meine eigenen Worte sind zu schwach dafür. Verzeih, dass ich mich erneut der Worte unseres gemeinsamen Freundes Rimbaud bediene. *Es gelang mir, jede menschliche Hoffnung schwinden zu lassen in meinem Geist. Über jede Freude, sie zu erdrosseln, bin ich hergefallen mit dem dumpfen Sprung des Raubtiers.*[3]

Zunächst zu meinem geliebten Vater. Er wird von einer Familie auf dem Land versorgt, aber natürlich muss ich diesen braven Leuten Geld senden. Deshalb habe ich mir, so rasch es ging, eine Stelle gesucht. Aber es ist ein hoher Preis, den ich bezahle.

Möge es gelingen, mein Leben zu beschreiben, das wahrhaftig zu einer Zeit in der Hölle geworden ist. Ich schufte in einer riesigen Fabrik. Manchmal schöpfe ich Hoffnung und sage mir, dass etwas geschehen und sich doch noch alles zum Guten wenden wird. Aber was ist aus meinem Leben geworden! Wäre ich nur in der Heimatregion geblieben. Das waren noch gute Zeiten. Aber wovon rede ich überhaupt? Ich will dir alles mitteilen, wobei ich befürchte, dass dies nur bedingt möglich ist.

Tag für Tag stehe ich an einem Fließband. Und ja, ich erhalte einen regelmäßigen Lohn, was ich bisher nicht kannte. Wie viele Momente enthält eine Stunde? Wie lange sind zwei Minuten? Endlos ist hier jeder einzelne Tag. Ein Monat wird zu einer Ewigkeit. Die Zeit stellt sich hier ganz anders dar. Sie wird zu etwas, das ich bisher nicht verstand. Warum? Ich versuche, es wahrheitsgetreu zu beschreiben, wobei dies zwei grundverschiedene Angelegenheiten sind: Es dir zu schildern und es Tag für Tag zu erfahren. Nun, es ist erschreckend schnell erzählt, was ich hier tue. Also: Der Arbeitsvorgang, den ich am Fließband zu verrichten habe, dauert hundertzehn Sekunden. Zehn Sekunden lang fährt das Band weiter. Das ergibt zwei Minuten, was bedeutet: Dreißig solcher Vorgänge finden in einer Stunde statt. Dreihundert an einem gewöhnlichen Zehnstundentag.

Dadurch bin ich gezwungen, unzählige Male die gleichen Bewegungen auszuführen. Das treibt mich schlicht und einfach in den Wahnsinn! Am ersten Tag war es für eine gewisse Zeit aufregend, weil noch alles neu war und wir gezwungen sind, die Handgriffe schnell auszuführen, also musste ich mich zunächst anstrengen, diese zu erlernen, sonst hätte das Band angehalten werden müssen. Falls ich die Vorgaben nicht erfülle, werde ich entlassen, aber das darf wegen Jaron nicht passieren. Also zwinge ich mich durchzuhalten.

Inzwischen kann ich die Handhabungen beinahe im Schlaf verrichten. Es wäre tatsächlich eine gewaltige Erleichterung, sie im Schlaf ausüben zu können. Aber natürlich geht das nicht. Ich muss anwesend sein. Die Gleichförmigkeit betäubt den Geist, es gelingt mir kaum, die Augen geöffnet zu halten, dennoch sollen die Hände agieren. Zehn Stunden oder länger muss ich hier stehen und die verhassten Griffe in hundertzehn Sekunden erledigen. Und daraufhin noch einmal und noch einmal und noch … immer und auf ewig dasselbe.

Wenn wir gut bezahlt werden würden und weniger Stunden arbeiten müssten, dann wäre das ein Trost, weil dadurch abends ein wenig Erholung und am Ende des Tages die Rückeroberung eines eigenständigen Lebens möglich wären. Stattdessen werden wir zu Maschinenwesen degradiert.

Warum gibt es kein Auskommen für uns in der Provinz? Die Zeiten haben sich geändert. Das hört man überall. Aber warum haben sie sich geändert, vor allem, wenn es zuvor ein besseres Leben war?

Wer entscheidet so etwas? Hat uns jemand gefragt? Wurde ich geboren, um am Fließband zu stehen und immer das Gleiche zu tun? Das kann nicht sein. Das darf nicht für immer so bleiben. Es ist eine vorübergehende Phase, rede ich mir ein. Immerhin habe ich etwas über die Welt gelernt: Wie alles zusammenhängt und wie Menschen in verschiedenen Positionen miteinander umgehen, wie sie eingeordnet und ihnen Aufgaben zugewiesen werden, auf dass sie ihre Rollen erfüllen. Manchmal denke ich, ich träume das alles nur. Um erneut mit Schrecken festzustellen, dass es die aussichtslose und unwiderlegbare Wirklichkeit ist.

Wenn ich mich umschaue und alle die immer gleichen Bewegungen im einförmigen Takt ausführen, denke ich: Spürt denn keiner diese Verzweiflung? Bin ich der einzige lebendige Mensch auf der Welt, der an diesen Zuständen leidet? Aber ich weiß natürlich, dass es viele gibt, die genauso fühlen, aber genau wie ich verbergen sie es.

Das Band läuft stets gleich schnell, sagen sie. Aber so ist es nicht. Wäre ich ein seelenloses Maschinenwesen, ja, dann wäre es so. Im Gegenteil läuft es mal rasend schnell, dass ich über Stunden hinweg mühsam meine Handgriffe vollbringe –

und mal quälend langsam, sodass es mich unendlich ermüdet und ich mich zu Tode langweile. Eine allumfassende Erschöpfung ist das vorherrschende Gefühl dieser Zeit. Auch wenn die Hände unablässig in Bewegung sind, stumpfe ich fortwährend ab. Denn was ist mit dem Rest von mir? Ich bestehe doch nicht nur aus meinen Händen.

Ach, es wäre weniger schlimm, würde ich nicht ständig denken: Gerade diese Zeit ist mir nur ein einziges Mal vergönnt in diesem einmaligen Leben. Ist es nicht vorgesehen, dass ich sie auf gänzlich andere Weise verbringe? Wenn ich nur meine Gedanken und Gefühle während der Arbeit für zehn, zwölf oder vierzehn Stunden abschalten könnte! In der Welt da draußen passieren sicherlich stets aufs Neue wundersame und wertvolle, manchmal bestimmt auch schreckliche Dinge. Wäre nicht alles besser als das hier? Denn an diesem Ort ist jeder Tag wie der vorherige und wie der nächste. Aber wir sollen noch dankbar dafür sein. Denn am Ende geben sie uns bedrucktes Papier für jedes Stück Leben, das wir ihrem Götzen opfern. Endlose Gedanken ziehen vorbei und dahinter sehe ich wieder und wieder die feststehenden Bewegungen. Für ein paar Augenblicke habe ich sie vergessen dürfen und sie abwesend und automatisch ausgeübt, in derselben

Geschwindigkeit und Reihenfolge. Schließlich sind sie bereits zu einem Teil von mir geworden.

Manchmal gelingt es also der Fantasie, mich da rauszuholen, zu entführen, aber ich kehre jedes Mal erstaunt und mit gewaltigem Widerwillen in diese Form der Realität zurück, und sehe mit großer Erleichterung, dass das Band nicht angehalten wurde. Niemand hat etwas von meiner körperlosen Abwesenheit bemerkt.

Oft hadere ich mit diesem Schicksal und fordere ergebnislos von mir: Morgen gehst du einfach nicht mehr hierher. Aber ich besitze nichts, also muss ich Körper, Geist und Seele an das Fließband verkaufen.

Eigentlich sollte ich abends das Versäumte nachholen. Aber wozu etwas unternehmen? So antworte ich mir, denn schon morgen stehe ich ja wieder festgebannt am selben Platz. Ob hier jemandem seine Arbeit nicht gleichgültig ist? Ich habe weder Verantwortung noch muss ich komplizierte Aufgaben lösen. Soll ich darüber froh sein? Einerseits bin ich es, anderseits hocke ich bewegungslos wie das Kaninchen vor der Schlange. Zu Anfang war noch Widerspruch in mir, eine enorme Empörung, die nach Revolte verlangte, die forderte, mich woanders hin zu begeben, um mich zu retten. Aber die endlosen Wiederholungen haben mich zermürbt. Ich bin jeden Moment müde. Nichts verändert sich hier. Bis sie uns eines fernen Tages durch andere Menschen oder geschickte Vorrichtungen ersetzen werden. Und werden wir dann noch die Kraft haben, woanders neu anzufangen? Das nächste Mal berichte ich dir von dem seltsamen *Berufszug*.

In tiefer Verbundenheit
Fynn

Novalee war über Fynns Nachricht bestürzt, konnte sich jedoch gleichzeitig eines leisen Triumphes nicht erwehren. Das Leben und Arbeiten in den großen Städten war also doch ein grundlegender Irrtum. Umgehend antwortete sie Fynn und empfahl ihm, zu ihr zu kommen, und bot die dafür nötigen Mittel an. Novalee staunte darüber, wie leichthin Fynn Rimbauds Sätze in seinen Brief einflocht. Die wenigen Worte wirkten als Beschreibung seines derzeitigen Alltags sehr stark und faszinierten Novalee ungewollt. Bisher hatte sie literarische Werke nur *gelesen* und bestenfalls *studiert*. Er aber *wandte* sie buchstäblich *an*. Novalee dachte bis tief in die Nacht intensiv an Fynn und versuchte, sich vorzustellen, wie sein Leben abseits des Fließbands aussah.

Unerwartet trat in dieser Nacht etwas in Novalees Leben, auf das sie so lange gewartet hatte. Es realisierte sich jedoch anders, als sie es sich ausgemalt hatte. Damals konnte Novalee nicht wissen, dass dies kein normaler Traum war, da sie über keinen Vergleich verfügte. Erst viel später verstand sie, dass dies im besten Fall ein Albtraum war: Während Novalee vergeblich versuchte, die Augen zu öffnen, berichtete Fynns geliebte Stimme und es war, als ob er neben ihrem Bett kauere. Seine Worte klangen bedeutungsschwer und lasteten auf ihrer Brust. Im Schlaf gefangen, lauschte sie willenlos. Mit aufgerissenen Augen redete Fynn fieberhaft-eindringlich auf Novalee ein, als sei er wahnsinnig oder als müsse er sie vor etwas warnen, das jedoch nicht mehr aufzuhalten war …

Novalees erster Traum: *Der Berufszug*

Oh, ich komme durchaus hoffnungsvoll in der großen Stadt an. Ich werde viel Neues kennenlernen. Hartnäckig klammere ich mich an die Illusion eines möglichen Glücks. Jedoch habe ich nie etwas getan, das einen eigenständigen Geist oder Temperament erfordert. Kurzum: Ich bin ihnen ausgeliefert.

Auf der Suche nach Arbeit lande ich an einem Ort, den sie *Berufsbahnhof* nennen. Ich gehe auf dem riesigen Gelände umher. Laufe aufgeregt bis ans Ende einer Plattform. Die Reihen der Gleise linieren die tieferliegende Fläche. Dunkel glänzen die Schienenstränge. Es fällt schwer, sich hier zurechtzufinden, beträchtlich ist die Auswahl und gering der eigene Einfluss. Ein unersetzlich-einmaliges Dasein scheint hier nur ein unhaltbares Versprechen zu sein. Denn wenn der *Berufszug* erst einmal in Bewegung ist, gleitet er stur die festgelegte Strecke entlang, befährt nie ein Gleis, welches in eine andere Richtung zeigt. Die Räder wirbeln, der unermüdliche Mechanismus verschlingt dich und führt dich immer weiter fort. Ich starre auf die helle Hallenöffnung, wo ausfahrende Züge in blendender Helligkeit rasant kleiner werden, sich im Nichts eines vorausbestimmten Verlaufs auflösen.

Längst haben wir uns an die einförmigen Tätigkeiten gewöhnt. Jegliche Freude ist entschwunden. Die Ursachen unserer Stumpfheit sind denkbar einfach: Wer täglich viele Stunden an etwas arbeiten muss, das einerseits zu monoton ist, um interessant zu sein, andererseits zu kompliziert, um unbewusst erledigt zu werden, und zudem von keinerlei persönlichem Interesse ist, der muss sein Inneres betäuben. Die allzu einseitige Tätigkeit würgt jegliches Gefühl ab. Nur eine lähmende Müdigkeit begleitet stattdessen. In ein enges Leben geraten und sich darin verlieren. Die Mächtigen haben uns diese für sie ertragreichen Routinen auferlegt. Und keiner, das wurde im Verlauf der Zeit klar, hatte ein Interesse, mich da rauszuholen.

Die summenden Geräusche einer mechanisierten Welt umgeben mich. Alles erscheint fremd und unwirklich. Aber es tut gut, nach dem anstrengenden Tag sitzen zu können und an dich zu denken: Novalee – wärst du nur bei mir …

Eine Stunde nach Mitternacht stand Novalee schweißgebadet auf, an Schlaf war sowieso nicht mehr zu denken. Novalee notierte, was sie geträumt hatte. Währenddessen sah sie sich mehrmals unwillkürlich um, ob Fynn nicht doch im Raum sei. Novalee hatte noch immer das unheimliche Gefühl, Fynn hätte ihr den Traum eingeflüstert. Sie ging sogar zur Tür, um zu prüfen, ob diese verschlossen war. Dies also war der erste Traum ihres Lebens gewesen.

Lange genug führte Novalee nun bereits als Lehrerin ein äußerst geregeltes Leben, in dessen Ausübung sie sehr geschickt war. Deshalb vermochte sie ihr Tagwerk auch dann zu bewältigen, wenn sie müde oder traurig war oder sie etwas intensiv beschäftigte. So konnte sich Novalee im Lauf der nächsten Tage von der Erschütterung, die Fynns Zeilen und der heftige Traum ausgelöst hatten, erholen.

Die Zeit verging quälend langsam, bis sie endlich ein zweites Schreiben erhielt. Obwohl dieses erneut von verstörender Unruhe gezeichnet war und von Fynns düsteren Abenteuern berichtete, wusste Novalee, dass sie nur darauf gewartet hatte.

Verehrte Novalee,

ich hatte mir einiges erhofft. Ja, ich gebe es zu. Ich war sehr jung und träumte von einem großartigen, rauschhaften Dasein. Wer weiß dies besser als du!

Wie wurden meine Hoffnungen enttäuscht! Es kam alles anders, als ich es mir vorgestellt hatte. Es entwickelte sich nichts zu meinem Vorteil! Ich erwarte wohl zu viel, und die mich umgebenden Menschen können mir nicht helfen, weil alle, die hier sind, keine Kraft mehr haben, sich für irgendetwas zu begeistern.

Wenn ich zurückblicke, geliebte Novalee – und das Büchlein erneut befrage, finde ich folgende Antwort: *Hatte ich* einst *nicht eine liebenswerte Jugendzeit, heldisch, märchenhaft, auf goldene Blätter zu schreiben*

— zuviel Glück! Durch welche Schandtat, durch welchen Irrtum habe ich meine jetzige Ohnmacht verdient?[4]

Ja, Ohnmacht! Dieses Leben ist kein Leben, wir sind nur Mittel zum Zweck, Diener und Sklaven der Produktion, weniger wert als das Werkzeug, mit dem wir arbeiten, aus dem einfachen Grund, weil es mehr kostet als wir. Geld ist der einzige Gott dieses Ortes. Wie kann ich entrinnen? Wie nur?

Und weißt du, wie wir das hier nennen, in das wir hineingeraten sind? Es ist der *Berufszug*, in den wir eingestiegen sind. Längst habe ich das Gefühl, dass ich in einen beliebigen Zug eingestiegen bin, aus Not und Gedankenlosigkeit, und weil dieser gerade dastand. Schon fuhr er los — und hält nie an. Ich bin dazu verdammt, in dem immer gleichen Gefährt unterwegs zu sein. Keine Kreuzung taucht je vor uns auf. Unsere eintönige Fahrt bringt uns immer weiter fort von jenem kostbaren Ausgangspunkt. Ja, es ist der *Berufszug*, der mich mit Haut und Haaren verschlungen hat.

In tiefer Verbundenheit
Fynn

Als Novalee Fynns Brief weglegte, fühlte sie sich unwohl und dachte daran, dass sie schon am Morgen unter leichtem Schwindel gelitten hatte. Ungewohnt früh ging sie an diesem Abend zu Bett, in der Hoffnung, dass ausreichend Schlaf alles sei, was sie brauche, um am nächsten Morgen die Welt in ihrem gewohnten Zustand wiederzufinden. Rasch fiel Novalee in einen unruhigen, geradezu fiebrigen Schlummer. In dieser Nacht umklammerte sie ein zweiter Traum mit seinen Schreckgespinsten. Wieder sah Novalee Fynn ganz deutlich neben ihrem Bett sitzen und konnte trotz aller Anstrengung erneut die Augen nicht öffnen. So gerne hätte sie ihm geantwortet und Trost gespendet. Der Arme sollte in seiner Qual nicht länger allein sein.

Novalees zweiter Traum: *Der Sprung*

Wie nur entkomme ich dem verfluchten *Berufszug*? Keine Veränderung! Als sei da nichts! Und doch ist es möglich! Es gibt so viel davon! Überall! Wenn ich jemals hier wegkomme, dann war der Irrweg auf umständliche Weise vielleicht sogar sinnvoll, um zu verstehen, wie diese Welt funktioniert. Trotz großer Hindernisse will ich den vorgezeichneten Ablauf verändern. Aber wie nur?

Was jetzt zählt, ist, dass ich hier stehe und noch einmal wählen darf. Nach langem Zögern desertiere ich. Wie tragisch-schwer mir der Absprung doch fällt! Welch übertriebene Angst ich davor habe! Wiederholt begebe ich mich gedanklich in diese Position, prüfe und plane tausendmal! Und verwerfe dann überängstlich doch wieder alles.

Doch nie wage ich es! Ich glaube längst nicht mehr daran, jemals hier herauszukommen. Es ist bereits zu einem reinen Fantasiegebilde geworden, das Bisherige zu verlassen. Diese Möglichkeit gibt es nur noch in einer anderen Welt, nicht länger in meiner.

Erneut nehme ich die beständig geplante Absprungstellung ein. Tausend Empfindungen und Gedanken rasen feuerwerksgleich in den bleiernen Himmel, während es sich tatsächlich ereignet. Etwas Widerwärtiges schon zu oft erlebt zu haben, halte ich hiermit für beendet. Eine längst vergessene Lebensart tut sich vor mir auf. Weitaus schöner als irgendein früheres Glück erscheint mir die wiedergewonnene Freiheit.

Ich bin innerhalb einer magischen Minute in eine ursprüngliche, freie und ungeschützte Welt eingezogen. Niemals habe ich mir den Absprung so einfach vorgestellt. Ich hatte stets erwartet, dass mein Ausreißen bemerkt und ich schmerzlich vermisst werden würde! Sie mussten mich doch auffordern, wieder einzusteigen! Nichts davon tritt ein. All diese Hindernisse lebten nur in meiner übervorsichtigen Vorstellung. Denn alles geht unverändert weiter, niemand schaut zu mir herüber. Warum hatte ich mich nicht schon früher aufgemacht, wo es doch völlig unwichtig ist, ob ich durchhalte? Auch der Versuch, andere in endlosen Gesprächen überzeugen zu wollen, war lediglich eine vergebliche Anstrengung gewesen. Hätte ich nur eher eingesehen, dass es zwecklos ist, andere ändern zu wollen, wo es sich doch ausschließlich um meine Wenigkeit handelt. Ich laufe los, eile, als hätte ich noch nicht genug Zeit verschwendet.

Jetzt hatte es sich ein zweites Mal ereignet. Wenn eine Freundin Novalee erzählte, dass sie im Traum geflogen sei, und dass dies herrlich gewesen sei, dann war sie verstimmt und konnte nicht verstehen, dass Menschen so unterschiedlich träumten.

Novalee war in der Schule sehr beschäftigt, da zwei Lehrer diese verlassen hatten. Zudem war sie sehr darum bemüht, ihren kaum mehr zu übersehenden Zustand zu verbergen. Novalee war unschlüssig, wie sie mit Fynns Nachricht umgehen sollte. Schließlich gab sie ein kleines Buch bei der Post auf, welches sie mit einer persönlichen Widmung versah. Vielleicht kann es ihm von Nutzen sein! Wenn es für Fynn die gleiche Bedeutung wie die Lektüre von Rimbaud erlangt, dann wäre dies durchaus möglich. Natürlich hoffte Novalee vor allem, dass das Büchlein dem armen Fynn helfen konnte, denn dass er sich in einer unerträglichen Situation befand, war nur allzu offensichtlich!

Novalee überlegte ergebnislos, wie sie Fynn aus seiner misslichen Lage befreien könne, während sich ihr Alltag immer schwieriger gestaltete. Noch konnte Novalee ihren Zustand durch weite Kleider und Scherze, dass sie zugenommen hätte, verbergen. Wie lange konnte das noch gelingen? Der Schulleiter hatte wohl schon Verdacht gefasst, aber da zwei Lehrer gegangen waren, wollte er nicht auf Novalee verzichten. Noch musste er nicht handeln.

Fynns dritter Brief

Verehrte Novalee,

ist so ein Text ausschließlich von rein literari-
schem Interesse, oder bedeutet er mehr für dich?
Falls ja, dann komm hierher! Falls nicht, lebe dein
friedliches Leben weiter … *Kann aber wohl der Mensch*
dazu bestimmt seyn, über irgend einem Zwecke sich selbst
zu versäumen?[6]

…

In tiefer Verbundenheit
Fynn

Diesen einleitenden Worten folgten Auszüge
aus dem Buch, das Novalee Fynn geschickt und er
also in der Tat gelesen hatte. Verwendete er seinen
Inhalt gegen sie? War Fynns Brief ein unmissver-
ständlicher Vorwurf?

Novalee fürchtete sich davor und wollte es diesmal unbedingt verhindern. War der letzte Traum
doch allzu quälend gewesen! Sie versuchte, nicht
daran zu denken und redete sich ein, dass ein er-
neuter Albtraum unwahrscheinlich, geradezu ausgeschlossen sei. Ungewohnt spät legte sie sich zu

Bett und fiel rasch in einen tiefen, bleiernen Schlaf, in dem sie nochmals ihren freien Willen verlor und wiederholt den Gespenstern nächtlicher Illusionen ausgeliefert war.

Novalees dritter Traum: *Neubeginn*

Seitdem laufe und laufe ich. Und kehre zurück. Um nochmals zu wählen. Somit betrete ich den *Berufsbahnhof* zum zweiten Mal.

Halb grüblerisch wie stets in diesen Tagen, halb hoffnungsvoll frage ich mich: Entdecke ich diesmal den richtigen Zug? Wozu jedoch diese Eile? Bald werde ich am Ziel sein! Und dennoch ist da die Furcht, wieder nicht den zu mir passenden Platz zu finden. Ein weiteres Mal hierherzukommen ist unmöglich. Dies ist der letzte Versuch. Und es ist doch augenfällig der Einzige, der ... Alle anderen entsprechen keinesfalls ... dort würde nur ... widerwillig eingereiht ... Keinen Tag länger akzeptiere ich jenes Leben quälender Widersprüche. Ich habe die letzte Weggabelung erreicht und mich nie jemandem anvertraut, außer bruchstückhaft Novalee.

Während endlose Grübeleien meine Sinne vernebeln, schleiche ich besorgt umher. Eine zuvor verständliche Sache ist wiederum wirr und undurchschaubar. Mich verstören die unzähligen atemlosen Menschen. Es ist so heiß, und man nimmt vor lauter Staub zu wenig wahr. Kann man denn nicht, wenn man nur klar genug zu denken vermag, die Dinge voraussehen?

Abends schließen sie die Eingänge. Wer nicht angeworben wurde, verlässt das Gelände. Hier und da steht eine einzelne Gestalt verloren herum und fragt sich, wo sie sich schlafen legen soll. Aufseher fordern zum Verlassen des Geländes auf. So gehen schließlich auch die Unversorgten. Ich halte nach einem Unterschlupf Ausschau und verstehe endlich: Einen Weg zurück gibt es nicht, dort fände ich nur die verblassenden Spuren der Vergangenheit. Alles beginnt – jederzeit.

Irgendwie überstand Novalee auch diesen verstörenden Albtraum. Sie versuchte, sich durch Routine zu beruhigen. Jedoch fand Novalee keine Antworten auf jene Fragen, die sie sich unablässig stellte. Fynns Zeilen erschienen wie eine letzte Nachricht. Dadurch änderte sich auch Novalees Dasein! Zitternd hielt sie die Nachricht in den Händen und flüsterte: *Mein geliebter Fynn!* Er war ihr durch sein so offensichtliches Leiden in der großen Stadt noch weit mehr ans Herz gewachsen. Als wäre er längst ein Teil ihrer selbst.

Fynns dritter Brief und der darauffolgende Albtraum gaben Novalee nicht mehr frei: Ihre Gedanken überstürzten sich: Sobald es mir möglich ist, muss ich aufbrechen, eilen muss ich, wenn es nicht schon zu spät ist! Länger darf ich ihn nicht allein lassen! Er braucht Hilfe, wenn er auch zu stolz ist, aufrichtig danach zu fragen. Werde ich helfen können? Wenn ich ihn aus seiner offensichtlich unhaltbaren Situation herauszuholen vermag, dann wäre schon viel gewonnen. Ob er daraufhin mit mir hierher zurückkehrt? Aber kann ich schwanger zu ihm reisen? Das würde alles nur noch schwieriger machen. *Ich komme, sobald ich kann!*, schrieb Novalee deshalb. Nur diese wenigen Worte. Beinahe hätte sie hinzugefügt: *Halte durch!* Wäre das hilfreich gewesen? Was hätte Fynn gerettet?

Wenig später drückte der Schulleiter sein Bedauern aus, betonte zwar Novalees Qualitäten als Lehrerin und beteuerte, dass es ihm sehr leid tue, aber es sei ihm unmöglich, eine Lehrerin ohne Ehemann in ihrem Zustand weiter zu beschäftigen. Dies würde nicht akzeptiert werden, leider, ihn hätten diesbezüglich schon mehrere Nachrichten erreicht, teilweise sehr deutliche …

Novalee kaufte zwei Eheringe, steckte einen an und verwahrte den zweiten. Daraufhin reiste sie zu ihren Eltern. Es war in diesen Zeiten nicht unüblich, dass der Mann oder sogar Mann und Frau in der fernen Stadt arbeiteten und das Kind bei den Großeltern ließen. Also gab Novalee vor, dass sie verheiratet sei und ihr Ehemann in der Stadt Geld verdiene, während sie ins Elternhaus zurückkehre, um in Ruhe und Geborgenheit ihr Kind zur Welt zu bringen.

Die Geburt Anielas war ein überwältigendes und unendlich viel Glück ausstrahlendes Ereignis. Von nun an befanden sie sich zu viert im kleinen Haus. Aber wie würde es Novalee gelingen, hier dauerhaft zu leben? Sie konnte sich Arbeit suchen und so zum Auskommen ihrer Eltern und Anielas beitragen. Ihr Vater bewirtschaftete den gepachteten Hof. Aber irgendwann würde er nicht mehr imstande sein, diese anstrengende Arbeit auszuüben. Und ihr allein würde es nicht gelingen, alle zu ernähren. Zudem wusste Fynn weder von Novalees Schwangerschaft noch von der Geburt ihrer Tochter.

Kein weiterer Brief Fynns erreichte Novalee, obwohl sie eine Freundin gebeten hatte, ihr jegliche Post nachzusenden. Antworten auf ihre quälenden Fragen konnte sie nur finden, wenn sie bereit war, ihr Leben zu ändern. Nochmals erwog sie die Möglichkeit, Fynn aufzusuchen, ihn endlich wiederzusehen und von Anielas Existenz zu berichten: Ja, mit Fynn gemeinsam ist uns allen eine Zukunft möglich! Er hat ein Anrecht darauf, endlich von der Geburt seiner Tochter zu erfahren. Novalee fasste den Entschluss, zu Fynn zu reisen, um dort gemeinsam etwas aufzubauen. Sobald es möglich war, würden sie zurückkommen, Aniela zu sich holen, um zu dritt glücklich zusammenzuleben.

Der schwierigste Moment in ihrem Leben war die Trennung von Aniela. So rasch wie möglich werde ich sie zu uns holen, dachte Novalee ohne Unterlass. Sie überflog in diesen Tagen immer und immer wieder die Zeilen von Fynns längst bekannten und abgegriffenen Briefen. Statt weiterhin ergebnislos über sein Schicksal nachzudenken, riss sich Novalee halb betäubt von ihrer Tochter los und machte sich auf den Weg, um Fynn endlich wiederzusehen.

Während der Mühsal, die eine lange Reise mit sich bringt, wurde Rimbauds Buch zu Novalees engstem Gefährten und Berater. Somit war es auch für sie nicht länger eine geistige Spielerei, sondern bestimmte ganz offenkundig ihr Leben. Auf welchem Weg sich dies bewahrheiten würde, konnte Novalee damals nicht ahnen. Es war tatsächlich, worüber sie mehrmals gelächelt hatte – ein Orakel, welches unvoreingenommen die Wahrheit aussprach und sich nie mit Beschönigungen und ausweichenden Antworten zufriedengab. *Ich habe Seelen zurückgelassen, deren Leid sich vermehren wird mit meinem Fortgehn! Ihr erwählt mich unter den Schiffbrüchigen; sie, die zurückbleiben: sind nicht auch sie meine Freunde?*[6]

Auf der tagelangen Reise fühlte Novalee sich einsam und vermisste Aniela mehr als alles andere. Jedoch fand sie immer wieder Textstellen, die ihren Zustand erklärten, dadurch seltsamerweise den Eindruck der Verlassenheit milderten und sie auch ein wenig stolz machten: Ah, sogar Rimbaud ist es bereits so ergangen, sagte sie sich. Zwar war Novalee weiterhin allein, fühlte sich aber immerhin etwas getröstet durch Rimbauds Worte, die ihren Zustand beschrieben.

Novalee sah viele arme Menschen, die nicht der Wagemut, sondern das nackte Elend in die Stadt trieb. Sie wollten unterkommen und versorgt sein. Novalee beneidete jene Reisenden, die vieles unbekümmerter zu nehmen schienen. Obwohl sich alle Sorgen darüber machten, wie es ihnen in der großen Stadt ergehen würde, auf die sie große Hoffnungen legten, nachdem sie ihrem bitterarmen Landleben den Rücken gekehrt hatten.

Als Novalee ein Mädchen kennenlernte und sie sich bereits eine Weile unterhielten, bat Novalee Maja bei einer längeren Pause, die sie im Freien lagernd verbrachten: „Lies mir doch einmal vor."

„Ich? Aber Sie können das doch weitaus besser."

„Ich betrachte nebenbei so gerne den Himmel und wie die Wolken dahinwandern", lachte Novalee.

Weil Maja jung und verletzlich wirkte, hatte Novalee sie angesprochen. Während der Waggon stundenlang dahinratterte, stellte sich heraus, dass Maja allein unterwegs war. In jungen Jahren wurde sie bereits in die Fremde geschickt. Novalee beschloss, sich während der Reise um sie zu kümmern.

„Wozu soll ich lesen, wenn jemand bei mir ist, der schon so viele Bücher kennt?", fragte Maja.

„Es ist eine wunderbare Sache, die Natur zu besichtigen und aus einem Buch vorgelesen zu bekommen", sagte Novalee.

„Wenn Sie reden, dann ist das genauso, wie in einem Buch zu lesen", lobte Maja.

Als Novalee Maja überrascht ansah, lachte diese fröhlich: „Wenn Sie es wirklich wünschen, dann lese ich."

Die anstrengende Fahrt mit ungewissem Ausgang, sowie die Sorgen um Fynn, drückten Novalee nieder. Ohne Maja und ihre jugendliche Unbeschwertheit, die vor allem auf Unwissenheit beruhte, denn Maja ahnte schlicht und einfach nicht, was vor ihr lag, hätte sich Novalee zu sehr düsteren Gedankengängen hingegeben.

„Ich bin noch nie in einem Zug gefahren und wusste nicht, dass man darin schlafen kann", meinte Maja. Inzwischen ruhte ihr Kopf an Novalees Schulter, und während Novalee ins Dunkel schaute, war etwas Wärme und Licht vorhanden durch das Mädchen, welches an ihr lehnte und erschöpft schlief. Novalee freute sich, dass da ein Mensch war, um den sie sich kümmern durfte.

Nach einer langen Reise kamen sie in der riesigen Stadt an, in der die größten Fabriken des Landes das Leben der Menschen beherrschten. Dort trennten sich ihre Wege. Maja wollte in einem kleinen Betrieb eine Stelle antreten, die ihr in ihrem Heimatort vermittelt worden war. Novalee beabsichtigte jenes Unternehmen namens Nereus aufzusuchen, in dem Fynn arbeitete. Vielleicht war er jedoch längst weitergezogen. Schweren Herzens sah Novalee ihre Freundin mutig im Menschengewühl eintauchen, im nächsten Moment war Maja inmitten der Anonymität der Massen verschwunden. Sei wohl behütet, kleine Schwester.

Wie verloren fühlte Novalee sich, als sie wieder allein war. Unwillkürlich griff sie zu dem kleinen Büchlein, schlug es auf und ließ Rimbaud die ersten Eindrücke deuten, die sich mit den schlimmsten Befürchtungen hinsichtlich Fynns Schicksal vermischten: *Auf den Straßen, in Winternächten, ohne Lager, ohne Kleider, ohne Brot, umschlang eine Stimme mein erfrorenes Herz …*[7]

III. Teil

Die Fabrik der einäugigen Riesen

Um Fynn zu finden, war Novalee bereit, in eine neue Welt einzutreten. Nachdem Novalee sich in der Art der Arbeiterinnen gekleidet hatte, ging sie geradewegs zu der großen Fabrik und gab sich als junge Frau aus, die die Not in die Stadt getrieben hatte. Nachdem sie als Näherin eingestellt worden war, wurde ihr bewusst, dass sie nun nicht mehr Lehrerin, sondern Fynns Schicksalsgenossin war.

Von da an befand sie sich täglich inmitten eines langgezogenen Saales, in dem Hunderte von Näherinnen in Reih und Glied an kleinen Tischen saßen und mit gesenkten Köpfen schufteten. Das unermüdliche Rattern der Maschinen durchdrang die staubdurchsetzte Luft. Vorarbeiterinnen gingen umher, prüften, nahmen fertig Genähtes mit und brachten neues Material. Sie durften während der Arbeit nicht miteinander sprechen. In unregelmäßigen Abständen tauchten Aufseher auf, die die Einhaltung der strengen Regeln überprüften. An der Stirnseite hing das Porträt eines graumelierten Herrn. Wie Novalee in der ersten Pause erfuhr, stellte es einen Mann namens Paul Roberts dar, den Eigentümer von Nereus.

Vergeblich versuchte Novalee, Fynn ausfindig zu machen. Welche Illusionen hatte sie gehegt? In den gigantischen Hallen arbeiteten viele tausend Menschen. Es ist nur eine Frage der Zeit, sagte sie sich. Aber sie konnte ihn auch in den nächsten Wochen nicht finden. Wohl vor allem deshalb, weil sie sich nur in der Näherei aufhalten durfte. Und so wanderte sie weiter auf seinen Spuren und tapste in die vage angedeutete Richtung. Wie weit wird all dies gehen? Das fragte Novalee sich oft, während sie den ersten endlosen Monat hinter sich brachte. Noch war es eine neue Welt.

Der Alltag der Fabrik erfasste Novalee rasend schnell, verschlang sie geradezu, sodass sie der Suche nach Fynn kaum nachgehen konnte, denn sie hatte zu wenig Zeit. Die Arbeiterinnen nähten an sechs Tagen der Woche und dies je nach Auftragslage jeweils mühselige zehn, elf, zwölf, dreizehn, vierzehn, manchmal sogar fünfzehn Stunden lang.

Vielleicht schlief Fynn irgendwo, während sie arbeitete und umgekehrt, denn Novalee entdeckte ihn weder auf dem Teil des weitläufigen

Fabrikgeländes, zu dem sie Zugang hatte, noch in den Straßen der Stadt. In den kurzen Phasen, in denen sie wach war, gelang es ihr nicht, sich ausreichend zu sammeln, um andere Menschen besser kennenzulernen und herauszufinden, was sie von ihnen erwarten konnte.

In der Fabrik fühlte Novalee sich immer mehr an jenen imaginären Berufszug erinnert, welchen sie in ihren Träumen erlebt hatte. Diese fantastischen und unwirklichen Albtraumfragmente ergriffen sie nun in ihrem wirklichen Leben und hielten sie mit eisernen Fäusten umklammert.

So verstrichen, ohne dass Novalee dies je so gewollt hätte, die ersten Monate. Was für eine Ironie des geschriebenen Wortes! Ein Satz umfasst unzählige Momente. Als ob die Zeit wie im Flug verging! Es war genau das Gegenteil. Nie hatte sie so endlose und trostlose Wochen erlebt! Nichts ist furchtbarer, als den ganzen Tag das Gleiche zu tun, ohne Hoffnung auf Erlösung. Es gibt nichts Anstrengenderes. Sie zweifelte bereits daran, überhaupt noch zu wissen, wer sie wirklich war in diesem harten Alltag einer Arbeiterin. Und immer wieder sagte sie sich, dass sie durchhalten müsse, Aniela und Fynn zuliebe, weil sie ihn und – inzwischen war sie manchmal dieser Auffassung – die erschöpften Menschen hier nicht aufgeben dürfe, dies alles erst verstehen müsse, bevor sie … Nicht einmal das wusste sie noch. Der Unterschied zwischen Wachen und Schlafen verschwamm immer mehr. Die absonderlichen Bilder der Träume gewannen indessen größere Macht über sie: *Der unermüdliche Mechanismus verschlingt dich und führt dich immer weiter fort.* Es verging kein Tag, an dem sie nicht an Aniela dachte und mit ihrem Schicksal haderte.

Novalees Träume vermischten sich mit dem Alltag, entwickelten sich zu einer halbwahren Wahnvorstellung. Aber wie Rimbauds Sätze drückten diese Bilder, die sie tief in ihrem Innersten verbarg, die Situation deutlicher aus als alles andere. Die riesige Fabrik war neben dem Gelände eines ehemaligen Bahnhofs errichtet worden, von dem noch einige düstere, rußgeschwärzte Gebäude standen. Das Rekrutierungsbüro befand sich darin, in dem diejenigen vorstellig wurden, die den unersättlichen Hunger der nach frischen Arbeitskräften gierenden Fabrikhallen sättigen sollten. In Novalees Erfindungsgabe verwandelte sich all dies zu einer absurden Wirklichkeit, welche durch die allumfassende Erschöpfung, die ihre erste Zeit als Arbeiterin hervorrief, noch verstärkt wurde. An den meisten

Tagen fühlte sie sich, als sei sie durch Chloroform betäubt, unendlich schläfrig und abgestumpft. Trotzdem musste sie die Augen geöffnet halten und flink die Stoffe unter ihren Händen bewegen.

Die Tage vergingen und Novalee kam keinen Schritt weiter. Zwar hatte sie vorsichtige Versuche unternommen, sich nach Fynn zu erkundigen, aber all das blieb vergeblich. Sie kannte inzwischen einige Frauen, die um sie herum arbeiteten. Die Näherinnen unterhielten sich während der Arbeit stets nur flüsternd. Sie bewegten dabei kaum die Lippen, immer darauf achtend, ob ein Aufseher sich näherte. Nach und nach gewann Novalee das Vertrauen einiger Arbeiterinnen. Eine von ihnen erwähnte einen Freund namens Fynn. Novalee entgegnete, dass auch sie jemanden kenne, der Fynn heiße und bei Nereus arbeite. Aber niemand kannte *ihren* Fynn.

Jeden Tag dachte sie an die kostbaren Stunden am Weiher. Was für eine andere Welt dies gewesen war! Die Schönheit ihrer Kostüme und des Ortes! Sollte die Welt nicht so eingerichtet sein, dass sich der Mensch auf einfache Weise damit zufriedengeben kann? Warum konnten sie nicht in dieser einfachen Idylle bleiben? Weshalb war für so viele woanders kein Auskommen möglich als in der rücksichtslosen Atmosphäre dieser Fabriken? Am linken Rand der ersten Reihe saß eine sehr alte Frau. Trotz ihres hohen Alters schuftete sie wie die anderen Näherinnen. Sie arbeitete unermüdlich vor sich hin, murmelte und schimpfte manchmal lautstark, was die Vorarbeiterinnen und sogar die Aufseher beflissentlich übersahen.

Natürlich wäre es nicht richtig, anzunehmen, dass auch die Arbeiterinnen sich ähnlich waren, nur weil sie sich in ihrer armseligen Kleidung alle äußerlich so sehr glichen und gekrümmt und fleißig an ihren Arbeitsplätzen saßen, weil sie sonst hier nicht bestehen konnten. In der Tat waren sie bis zur Selbstaufgabe und darüber hinaus tätig. Was bleibt nach solchen einförmigen Dreizehn-Stunden-Tagen vom Menschen als fühlendem Wesen übrig? Novalees Gedanken indessen liefen im Kreis: Vielleicht teile ich längst Fynns Schicksal? Und ich bin keinesfalls stärker oder erfolgreicher als er. Was hatte ich mir eingebildet? Dass allein durch mein Erscheinen die Probleme dieser unmenschlichen Fabrikwelt gelöst würden? In den schlimmsten Träumen habe ich mir diese Zustände nicht ausgemalt.

An den seltenen freien Tagen trug Novalee ihre Verzweiflung auf einsamen Spaziergängen umher und hoffte stets, endlich irgendwo Fynn zu treffen. Was sie davon abhielt, einfach aufzugeben, war nicht nur der Gedanke an Fynn. Immer mehr standen an seiner Stelle all die Frauen und Männer, die hier ihr Leben opferten, die Sklaven der Produktion geworden waren und das Gewinnstreben weniger mit ihrer Lebenszeit teuer bezahlten.

Sie fungierten als mechanische Gliederpuppen, die unglaublich mühselige Tätigkeiten verrichteten. Zudem wurde jegliches Fehlverhalten bestraft. Jede Verspätung bedeutete Lohnabzug. Die Unterhaltung während der Arbeit wurde unterschiedlich gemaßregelt. Und es gab keine Hoffnung auf Veränderung, denn Gewerkschaften und Streiks waren streng verboten. Bei Ungehorsam und Streik drohte polizeiliche Festnahme.

Novalee begann, weil sie nicht vorankam, ihre Beobachtungen aufzuschreiben. Dabei verhielt sie sich sehr vorsichtig, damit, falls diese Notizen jemandem in die Hände fielen, sie nicht zur Rechenschaft gezogen werden konnte. Anfänglich waren es Feststellungen über den gewöhnlichen Werktag bei Nereus sowie Überlegungen, wie sie die Suche nach Fynn vorantreiben konnte.

Ihre Aufmerksamkeit wurde von ihrer Kollegin Bonnie, die rechts neben ihr saß, abgelenkt. Bonnie ging es seit Tagen nicht gut. Sie war krank und schleppte sich trotzdem zur Arbeit. Als ihr Zustand sich immer weiter verschlechterte, fragte Novalee mit gesenktem Kopf: „Dir geht es sehr schlecht, nicht wahr?"

„Ich habe Fieber."

„Du musst dich ausruhen."

„Ich brauche das Geld für meine Familie."

„Wenn du zusammenbrichst, wird es noch viel schlimmer für deine Familie sein."

„Du hast recht, aber …"

„Ich kann dir helfen. Warte nach Werksschluss in der Nähe des Tores auf mich."

Novalee begleitete Bonnie zu ihrer Unterkunft, einem Zimmer, das sie sich mit anderen Frauen teilte. Novalee bot ihr eine kleine Summe an, die den Ausfall ihres Lohnes für ein paar Tage ausgleichen würde. Bonnie wollte dies zunächst nicht annehmen und brachte Einwände vor. Sie wisse nicht, wann sie den Betrag zurückzahlen könne, da nie etwas vom kargen Lohn übrig bleibe. Novalee beruhigte sie darüber und sagte wahrheitsgemäß, dass es ihr eine Pflicht sei, zu helfen. Schließlich willigte

Bonnie ein, nachdem Novalee sie nochmals ermahnte, vor allem an ihre Familie zu denken, und dass sie es sich nicht leisten könne, ihre Gesundheit unwiderruflich zu ruinieren.

Am nächsten Abend besuchte Novalee Bonnie und brachte ihr frisches Essen und Medikamente. Nach wenigen Tagen ging es Bonnie besser, und sie vertraute Novalee an, dass sie einen Sohn habe, der bei ihren Eltern leben würde. Daraufhin konnte Novalee nicht anders, als Bonnie von Aniela zu erzählen und verriet ihr, dass sie auf der Suche nach dem Vater ihrer Tochter sei, der nichts von seiner Vaterschaft wisse. Er heiße Fynn und würde bei Nereus am Fließband arbeiten.

Eine Woche später saß Bonnie wieder an ihrem Arbeitsplatz, wirkte erholt und bedankte sich überschwänglich bei Novalee. In der Mittagspause unterhielt Bonnie sich mit einer Kollegin namens Lucille, die ihre Haare mit einem bunten Band zusammengebunden hatte und Novalee sorgfältig musterte, wodurch diese den Eindruck gewann, dass Bonnie über sie sprach.

Novalee fiel auf, dass Lucille sie aufmerksam beobachtete. Am nächsten Tag setzte sie sich in der Mittagspause neben Novalee. Die zwei Frauen verstanden sich sogleich prächtig. Von da an war es eine der wenigen Freuden, sich auf die Mittagspause zu freuen, weil es bald schon keine Frage mehr war, dass sich Lucille zu Novalee gesellen würde und sie sich von der ersten Sekunde bis zum Signal, welches das Ende der stets zu kurzen Pausen ankündigte, angeregt unterhalten würden. Es dauerte nicht lange, bis Lucille vorschlug, sich abends zu treffen. Die freien Stunden waren knapp bemessen, da die Arbeitstage lang waren und die restliche Zeit von den alltäglichen Notwendigkeiten beansprucht wurde. Aber sie waren jung und hatten Kraft genug, um ab und zu auf ein paar

Stunden Schlaf zu verzichten. So gönnten sie sich eines Abends jenes Vergnügen, das auch den Besitzlosen vergönnt ist. Sie schlenderten durch die Stadt und amüsierten sich auf einem Jahrmarkt. Meist jedoch sprach Lucille über die soziale Frage. Sie war eine temperamentvolle Frau, die Ungerechtigkeiten genauso leidenschaftlich hasste wie Novalee.

Nachdem sie sich mehrmals getroffen hatten, gingen sie eines Abends den Weg am Fluss entlang, als Lucille Novalee etwas anvertraute: „Ich habe eine kleine Gruppe gegründet."

„Was für eine Gruppe?"

„Wir wollen uns für Verbesserungen der Arbeitsverhältnisse einsetzen."

„Ist Bonnie auch dabei?"

„Nein, das ist nichts für Bonnie. Es ist ihr zu gefährlich. Ich verstehe das. Ihr Sohn, ihre Eltern und ihre kleinen Geschwister hängen von ihren Geldsendungen ab."

„Ist es denn so gefährlich, was ihr macht?"

„Sagen wir es so: Sie mögen es nicht, wenn man ihnen widerspricht und lassen sich allerhand einfallen. Aber davon hast du bestimmt schon gehört."

„Ich kann mir nicht recht vorstellen, warum sie vor einer kleinen Gruppe Angst haben sollten."

„Komm doch einfach heute Abend zu mir."

Novalee zögerte einen Moment, bevor sie zusagte.

Als Novalee Lucilles Zimmer betrat, sah sie zunächst zwei Frauen, die ihr als Marie und Frances vorgestellt wurden – und erstarrte im nächsten Moment, als *er* in ihr Gesichtsfeld trat, fühlte die Beine schwach werden und wollte ihn umarmen und küssen, endlich, endlich – aber sein Gesichtsausdruck hielt sie zurück. Aber was – was war es nur, das in Fynns Augen aufglomm und ihr davon abriet, ihn zu drücken, zu küssen, endlich wieder seine Nähe zu spüren? So lange hatte sie darauf gewartet, ihn in ihre Arme zu schließen! Und er stand nur reglos da und schaute sie mit diesem seltsam reservierten, fast warnenden Ausdruck an, der besagte: „Warte! Verrate dich nicht! Komm nicht zu mir!"

Novalee setzte sich und wartete benommen ab, wenn dies auch eine fast übermenschliche Anstrengung bedeutete.

Als Lucille das Zimmer betrat, sie hatte Bier für das Treffen geholt, verstand Novalee, warum Fynn sie auf Distanz gehalten hatte. Lucille und Fynn waren ein Paar. Der Vater ihrer Tochter liebte eine andere Frau! Alle ihre Pläne, Fynn zurückzuholen, mit ihm eine Familie zu gründen … Wie lange war er bereits mit der bewundernswerten Lucille liiert? Aber Fynn wusste ja noch nicht einmal, dass er Vater war. Was hatte sie sich nicht alles vorgestellt? Sie erkannte ihren Fehler: Sie hätte ihm längst schreiben, ihn über Anielas Geburt informieren und ihn zur Rückkehr bewegen müssen, statt ihm hinterherzureisen und ihn über eine solch lange Zeit in Unwissenheit zu lassen. Was hatte sie sich dabei nur gedacht? Sie hatte sich gesagt, dass er Geld für die Versorgung seines Vaters verdienen müsse und sie ihn nicht in den Zwiespalt stürzen wolle, für seinen Vater und eine Familie zu sorgen. Sie hatte geglaubt, sie müsse Fynn nur finden, daraufhin würden sie ihr Liebesverhältnis fortsetzen, heiraten, sich eine bessere Arbeit suchen, ein Heim schaffen und schließlich Aniela zu sich holen …

Und nun saß er vor ihr und war mit Lucille zusammen, gegenüber der er sich reservierter als sonst zu verhalten schien, denn Lucille sah Fynn mehrmals fragend an, bemerkte, dass etwas anders war als sonst, aber sie konnte nicht ahnen, dass Fynn sich so verhielt, um Novalee den Anblick eines verliebten Paares zu ersparen. Denn das waren sie, trotz Fynns Zurückhaltung, ganz offensichtlich.

111

Währenddessen redeten sie über die Umstände ihrer Arbeit, wie diese verbessert werden sollten, und wie sie die Mächtigen dazu bringen konnten, umzudenken. Für die anderen war es ein Abend wie viele zuvor, während Novalees Pläne sich in nichts auflösten.

„Aber was können wir schon ausrichten? Sie haben die Macht", widersprach Frances Lucille, die sie darauf einschwören wollte, endlich aktiv zu werden.

Lucille führte einige der Ungerechtigkeiten auf, die den Arbeiterinnen widerfuhren. Wenn eine von ihnen aufbegehrte oder arbeitsunfähig war, konnte sie entlassen werden. Zuspätkommen oder eine Arbeitsleistung unterhalb des Solls bedeutete Lohnabzug. Bei Unfällen hatten sie keinerlei Absicherung, und es gab nicht die geringste Vorsorge für das Alter. Sie hatten keine Rechte und mussten willkürlich angesetzte Mehrarbeit akzeptieren. Statt nach zehn Stunden gehen zu dürfen, mussten sie je nach Auftragslage dreizehn oder vierzehn Stunden arbeiten, ohne dass dies zuvor angekündigt werden musste. An diesem Abend stellten sie sich immer wieder die Frage, was sie dagegen tun sollten.

„Wenn wir uns einig sind, dann können sie nichts gegen uns ausrichten. Sie brauchen uns", sagte Lucille.

„Und wie stellst du dir das vor?", fragte Marie.

„Wenn sie das nächste Mal eine von uns maßregeln – dann stehen wir füreinander ein."

„Auf welche Weise?"

„Wir legen die Arbeit nieder und rufen andere dazu auf, mitzumachen."

„Und du meinst, dass vier Frauen etwas bewegen können?"

„Viele werden hoffentlich unserem Beispiel folgen. Es kommt ganz auf die Situation an."

„Das ist ein großes Risiko und ich zweifle daran, dass es funktionieren wird", warf Frances ein.

Lucille sah alle der Reihe nach herausfordernd an: „Was haben wir schon zu verlieren? Also: Wer ist dabei? Die Zeit, sich zu beratschlagen, ist vorbei. Wir müssen endlich zu einem Entschluss kommen."

Marie und Lucille waren dafür, beim nächsten Zwischenfall einzuschreiten. Frances und Novalee waren dagegen. Frances äußerte Novalees Überzeugung, dass dies ein aussichtsloses Unterfangen sei: „Wir sind zu wenige. Sie werden uns umgehend entlassen und ersetzen. Wir müssen zunächst noch mehr Arbeiterinnen auf unsere Seite bringen."

Novalee kam nicht umhin, sich einzugestehen, dass sie wegen Aniela nicht bereit war, dieses Risiko einzugehen. Wie würde Fynn reagieren, wenn sie ihm endlich sagen konnte, dass er Vater ist? Würde es ihn überhaupt interessieren? Jetzt, da er mit der beeindruckenden Lucille eine Beziehung eingegangen war. Novalee war von einer Minute auf die andere von einer Frau, die sich einbildete, geliebt zu werden, zu einer Verlassenen degradiert worden. Einfach so. Aber was hatte sie erwartet? Sie warf sich vor, dass sie Fynn damals hätte begleiten müssen oder ihn gar nicht erst hätte gehen lassen dürfen.

Nach diesem Abend zog sich Lucille von Novalee zurück. Sie akzeptiere ihre Entscheidung, aber werde sich andere Mitstreiterinnen suchen müssen. Darauf verlegte Lucille ihre Aktivitäten. Mittags sah Novalee sie jeweils neben verschiedenen Frauen Platz nehmen und Gespräche anknüpfen. Mit Spannung sah Novalee einem Zwischenfall entgegen, etwa dass eine Kollegin entlassen wurde oder ihnen Überstunden im Unmaß aufgebürdet wurden. Aber gerade in diesen Wochen blieb es sehr ruhig, die Arbeit ging ihren gewöhnlichen Gang.

Die Aufseher schienen milder gestimmt zu sein, Anlässe, die früher Sanktionen, Ermahnungen oder sogar Entlassungen herbeigeführt hätten, wurden mit einer gewissen Großzügigkeit übersehen. Dies verwunderte alle und gab gleichzeitig Anlass zu der Hoffnung, dass sich doch alles nach und nach zum Besseren wenden könnte, dass Direktiven erlassen worden waren, die die Vorgesetzten zu menschlicherem und großzügigerem Verhalten veranlassten.

Bis eines Morgens diese Hoffnung brutal zunichte gemacht wurde. Drei Aufseher betraten in Begleitung von mehreren Sicherheitsleuten die Näherei. Ihnen folgten zwei Männer, die elegant gekleidet waren und sich darauf beschränkten, zuzusehen: Tyren und Demian.

Lucille, Marie und eine Kollegin, mit der sie sich in letzter Zeit oft unterhalten hatten, wurden trotz ihres Protests hinausgebracht. Die Näherinnen, verfolgten entsetzt das rücksichtslose Vorgehen. Lucille rief: „Wir geben nicht auf! Niemals! Wir sehen uns wieder."

Schon schloss sich die Tür, sie vernahmen noch einmal dumpf Lucilles Stimme und daraufhin war es unheimlich still, bis die Aufseher zurückkehrten und die Frauen anbrüllten, dass sie sich wieder an die Arbeit zu machen hätten.

Eine Chance war ergebnislos vertan worden. Novalee schämte sich dafür, sich Lucille nicht angeschlossen zu haben. Sosehr sie auch versuchte, sich einzureden, dass sie vernünftig gehandelt hätte, ließ sie das Ganze nicht mehr los. Novalee traf Lucille nicht in ihrer Unterkunft an, zu der sie am selben Abend eilte. In diesem Moment fasste Novalee den Entschluss, Lucilles Vorhaben fortzusetzen, wenn sie auch noch nicht wusste, auf welche Weise dies geschehen konnte. Novalee fragte sich, wie es Fynn erging, nachdem Lucille verhaftet worden war. Novalee wusste nicht einmal, wo er wohnte, sonst wäre sie an diesem Abend zu ihm gelaufen. Sie wusste nur, dass er in einer anderen Halle arbeitete, zu der sie keinen Zutritt hatte. Aber nunmehr war es nur eine Frage der Zeit, bis sie ihn treffen würde. Bevor sie an diesem schrecklichen Tag einschlief, fragte sie sich: Ist das Ganze auch für mich gefährlich? Werde auch ich bereits überwacht?

Dann geschah etwas Furchtbares: Eine Näherin nahm sich das Leben. Novalee musste immer wieder den leeren Stuhl ansehen, bis eine andere Frau diesen Platz einnahm. Nach diesem schrecklichen Ereignis spürte Novalee ein erstes Aufbegehren. Die Wachmannschaften wurden verstärkt und patrouillierten unablässig auf dem Werksgelände und die Befehle, dass man bei der Arbeit nicht miteinander reden sowie maximal zu zweit nebeneinander gehen dürfe, wurden ständig wiederholt.

Eine erste Auseinandersetzung zwischen einer Wachmannschaft und Arbeiterinnen ereignete sich. Berichte, die besagten, dass die an der Konfrontation Beteiligten verschwanden, eilten durch die Reihen. Man munkelte, dass sie der Polizei übergeben worden waren. Aber niemand wusste etwas Genaues. Der Streit hatte sich scheinbar an einer Kleinigkeit entzündet. Aus welchen Gründen auch immer hatte eine Durchsuchung stattgefunden und den Zusammenstoß ausgelöst. Es war stets schwierig, aufgrund der vielen Regeln, die strenger als bisher eingehalten werden mussten, in Erfahrung zu bringen, was auf dem riesigen Fabrikgelände vor sich ging.

Zudem tauchten Gerüchte auf, dass Veränderungen geplant seien. Gespannt, aber voller Misstrauen warteten die Näherinnen ab, was nun kommen sollte. Aber es erfolgte keine Verbesserung der

Arbeitsbedingungen, keine Lohnerhöhung, keine Reduzierung der Arbeitsstunden, keine Lockerung der massiven Einschränkungen. Die Fabrikleitung hatte den Bogen, die Menschen bis aufs Äußerste auszubeuten, überspannt. Die Werktätigen waren oft so apathisch, dass es ihnen gleichgültig war, Ärger zu bekommen, und damit schwand immer mehr die Angst vor den Folgen von Auflehnung und Protest. Nach einigen Wochen war klar, dass sich die Arbeitenden nicht mehr mit ihrer Lage zufriedengeben würden. Streitigkeiten und erste Streiks waren die Folge.

Neue Mitarbeiterinnen wurden angeworben und die Tische enger zusammengeschoben. Zipora, die nun neben Novalee arbeitete, war fleißig und schweigsam. Sie tat sich schwer mit ihrer Arbeit und Novalee zweifelte daran, ob sie das nötige Geschick als Näherin aufbringen würde, um das geforderte Soll zu erfüllen. Zipora wurde bereits am zweiten Tag kritisiert. Sie müsse ihre Geschwindigkeit erhöhen. Nachdem die Vorarbeiterin verschwunden war, nahm Novalee sich vor, mir Zipora ins Gespräch zu kommen. Ein aufmerksamer Beobachter sollte höchstens Lippenbewegungen bemerken und vermuten, da spreche jemand mit sich selbst.

„Du wirst es schon schaffen", tröstete Novalee Zipora.

„Ich weiß nicht."

„Nicht hersehen."

Zipora senkte den Kopf über ihrer Arbeit.

„Der Anfang ist besonders schwierig."

Mehr redeten sie an diesem Tag nicht. Es war ein Beginn. Immerhin. Von da an unterhielten sie sich. Zuerst knapp und zögerlich. Dann länger.

„Es ist so eintönig", klagte Zipora.

„Ja, ich kann mich auch nicht daran gewöhnen."

„Wenn doch einmal etwas passieren würde."

„Was soll schon passieren?", entgegnete Novalee.

„Es wurden hier doch vor einiger Zeit Arbeiterinnen abgeführt."

„Ach das", sagte Novalee möglichst gleichgültig.

„Sie hieß Lucille und soll eine Gruppe gegründet haben. Weißt du, was mit ihr geschehen ist?", fragte Zipora und Novalee war überrascht, wie frei und mutig sich Zipora äußerte.

„Nein."

„Vielleicht weiß es jemand."

„Möglich."

„Ob es noch andere gibt und sie aufgegeben haben?"

„Bestimmt. Das ist ja auch alles viel zu gefährlich."

„Wieso? Wer will das schon herausfinden?"

„Sie haben auch Lucille erwischt", entgegnete Novalee.

„Ich wüsste nur zu gerne, wer da mitmacht."

„Wozu?"

„Na, das müssen mutige Frauen sein. Die würde ich gerne kennenlernen."

Obwohl Novalee den Kopf über ihre Arbeit gesenkt hatte, bemerkte sie, dass Zipora sie aufmerksam fixierte.

„Mir ist das zu gefährlich", meinte Novalee zurückhaltend.

„Was hältst du überhaupt von dem Ganzen?", fragte Zipora.

Nachdem Zipora gewagt hatte, so offen zu sein, verspürte Novalee den inständigen Drang, mit ihr freier darüber zu reden, und hoffte, dass an anderen Stellen ähnliche Gespräche einsetzten.

Dennoch antwortete sie verhalten: „Ich weiß nicht."

„Ich denke ständig an diese Sache, schließlich habe ich den ganzen Tag Zeit. Es füllt mich aus, es ist nicht etwa nur eine Ablenkung, nein, es ist mehr: Es fühlt sich an wie eine neue Hoffnung", sagte Zipora.

Was konnte sie antworten, fragte Novalee sich und beschloss abzuwarten: „Für mich ändert sich nichts."

„Aber doch. Ganz gewiss. Da bin ich mir sicher."

Wie konnte Zipora sich so sicher sein? War sie überhaupt eine gewöhnliche Arbeiterin? Rief die Angst dieses Misstrauen hervor? Novalee fragte sich, ob sie von nun an in jeder unschuldigen Arbeiterin eine Spionin sehen würde.

„Das gibt nur Schwierigkeiten. Ich will mit so etwas nichts zu tun haben", wich Novalee aus.

„Natürlich. Aber weißt du wirklich nicht, wer dahintersteckt?"

„Nein. Von solchen Sachen hält man sich sowieso besser fern. Ich bin aufrichtig froh, es nicht zu wissen."

„Schade. Ich wüsste es nur zu gerne. Wenn du etwas hörst, wirst du es mir doch bestimmt sagen, nicht wahr? Ich bin sehr gespannt und verspreche dir, es niemandem zu verraten."

„Das würde ich gerne, aber ich weiß es wirklich nicht."

Es fiel Novalee schwer, weiterhin die Naive zu spielen. Ob Zipora tatsächlich eine Spionin war? Als Novalee kurz darauf umgesetzt wurde, nahm sie an, dass ihr Verdacht sie nicht getrogen hatte

und Zipora ihre Nachforschungen fortsetzte. Novalee schuftete nun neben der alten Näherin.

Die alte Näherin arbeitete emsig und geschickt vor sich hin. Sie unterhielt sich nie mit anderen und schien einen seltsamen Sonderstatus innezuhaben. Novalee rätselte, worauf dieser beruhte. Die Aufseher hatten Respekt vor ihr und kritisierten sie nie. Einmal schimpfte sie lautstark mit einer Vorarbeiterin, die die Stoffe an die Tische brachte und die fertigen Arbeiten abholte. „Wem hat er uns da anvertraut?", meckerte die Alte, als die Frau die Stoffe nahm – und sich rasch und wortlos entfernte! Das getraute sich sonst niemand, weil die Vorarbeiterinnen streng waren und in engem Kontakt mit den Aufsehern standen. Der Status der alten Näherin blieb ein Rätsel, da diese jegliche Annäherung einer Kollegin ablehnte, indem sie beharrlich schwieg oder höchstens mehr oder weniger Verständliches vor sich hinmurmelte.

Tag für Tag setzten sie ihre gewohnte Arbeit fort, und wenn sich der Tag quälend in die Länge zog, weil ihnen wieder einmal Überstunden auferlegt worden waren, dann maulte die Alte: „Wenn er das mitbekommt." Oder sie sagte: „Ich werde es ihm schon noch sagen. Er verrät seine eigenen Leute. Das ist ja noch schöner. Wenn das seine

Mutter wüsste. Die Gute würde sich im Grab umdrehen, jawohl im Grab, und das nicht nur einmal. Nein, ganz gewiss nicht."

Eines Vormittags öffnete sich die Tür der Näherei, und mehrere Besucher strömten herein. In der Mitte des Pulks schritt ein vornehm gekleideter Herr. Der Besucher war niemand anderes als Paul Roberts. Das Porträt an der Stirnseite des Saals ähnelte dem Eigentümer von Nereus auf erstaunliche Weise.

Roberts blieb stehen und sah sich um, während die ihn umgebenden Herren abwarteten. Sie verhielten sich gegenüber dem Eigentümer von Nereus äußerst ehrfürchtig. Da Novalee in der ersten Reihe saß, hörte sie, wie Paul Roberts dem neben ihm stehenden Mann erklärte: „Hier hat alles begonnen. Meine Mutter hat mit einer Nähmaschine angefangen. Natürlich damals noch bei uns zuhause in der Stube, dann kam meine Tante mit hinzu, und nach und nach kauften wir eine Nähmaschine nach der anderen. Jahre später gründete ich diese Näherei und baute auf diesem Fundament die anderen Bereiche von Nereus auf – und deshalb werde ich die Näherei nie verkaufen, gleichgültig was sie mir empfehlen, wenn sie von Rendite und lohnenden Investitionen sprechen."

Roberts Begleiter nickten und lächelten vorsichtig, stimmten durch ihr Verhalten und ihre unbestimmten Gesten unbedingt zu, woraufhin sich Roberts abschließend umblickte und sich zum Gehen wandte – in diesem Moment rief die Alte neben Novalee: „Fädle mir nochmals ein, Paulchen. Schuld sind nur meine alten Augen und das schlechte Licht."

Die Alte hatte aufgehört zu nähen und sah Roberts unverwandt an, der überrascht innehielt, als sie zu ihm sprach. Die sich um Roberts scharenden Herren waren bestürzt, bis einer sich eilfertig an ihn wandte, sich für den Vorfall entschuldigte und stammelte, die Alte hätte sicherlich schon längst entlassen werden müssen und es wäre unverzeihlich, dass … Roberts beachtete den Schwätzer nicht, dirigierte ihn zur Seite, indem er den Arm leicht hob, schon wich derjenige eilends zur Seite, als hätte ihn jemand vor die Brust gestoßen. Roberts ging auf die Alte zu, starrte diese fragend an und sagte: „Das hat meine Mutter in ihren letzten Jahren immer zu mir gesagt."

„Sehr lange hat es gedauert. Dass er schließlich doch noch kommt. Da ist er ja endlich. Er hat mich wohl vergessen. Hat er mich vergessen?"

Roberts sah die Alte fragend an.

„Du kennst mich also nicht mehr?"

Roberts schüttelte den Kopf und sah die alte Näherin bewegt und angestrengt fragend an: „Du bist ..., du bist ..."

„Ich bin eure vierte Näherin, die freche Leona habt ihr mich genannt, weil ich immer was zu schimpfen hatte."

Roberts riss die Augen auf, endlich erinnerte er sich: „Aber das kann doch nicht sein. So viele Jahre sind seitdem vergangen."

„Ich bin ja auch nicht mehr die Jüngste."

„Leona – aber das ist doch unmöglich."

Die alte Näherin nickte und sagte befriedigt: „Oh doch! Das ist es!"

„Und du hast all die Jahre hier gearbeitet? Und ich habe es nicht gewusst."

„Du bist nie mehr gekommen."

„Ich war so beschäftigt, Nereus aufzubauen und war unentwegt im ganzen Land und sogar im Ausland unterwegs. Mein Gott, und du bist immer noch hier und arbeitest – nach all den Jahren."

Roberts wirkte erschüttert, während Leona bestätigend nickte.

Roberts nahm Leonas Hände und zog sie vorsichtig von ihrem Stuhl hoch: „Du bekommst eine Versorgung, sofort, von heute an. Dafür sorge ich. Du wirst nie wieder arbeiten müssen. Das ist – das ist – unverzeihlich. Du wirst es von jetzt an gut haben."

Die Näherinnen hatten den Vorgang mit angehaltenem Atem verfolgt und sahen, wie der mächtige Paul Roberts der alten Näherin zärtlich seinen Arm anbot, als bestünde sie aus einer äußerst zerbrechlichen und kostbaren Substanz und sie höflich aus dem Saal geleitete.

IV. Teil

Das zweite Leben

Eines Nachts meinte Novalee, Fynns Stimme zu hören, und nahm an, dass sie erneut fantasierte. Aber dieser Traum war anders als die bisherigen. Diesmal sprach Fynn nicht nur zu ihr, sondern schien ihren Arm zu berühren. Endlich gelang es Novalee, die Augen zu öffnen. Es dauerte eine Weile, bis sie erkannte, dass Fynn wirklich neben ihr saß. Da sie nicht allein waren, sprachen sie kein Wort und sahen sich im Halbdunkel an. Nachdem sie sich geküsst hatten, musste Novalee Fynn eine Frage stellen, auch auf die Gefahr hin, alles zu zerstören.

„Was ist mit Lucille geschehen?"

„Geduld. Morgen erkläre ich dir alles."

Sie mussten leise sein in jener Nacht. Nicht lange bevor es Zeit war aufzustehen, schlief Fynn ein. Sein Kopf ruhte an Novalees Schulter. Sanft fuhr ihre Hand über seine Haut, sie streichelte ihren Geliebten, wollte keinen Moment verpassen – nicht einmal während er schlief – diese Nacht war zu kostbar, und Novalee wusste, wenn sie sich einst, am Ende ihres Lebens, entscheiden musste, welches die schönste Nacht ihres Lebens sei, dann diese. Keinen einzigen dieser Augenblicke hätte sie versäumen wollen. Hatte sich nicht allein deshalb all das Leiden gelohnt?

Fynn war schrecklich müde, als Novalee ihn kurz vor Morgengrauen zärtlich weckte. Als er schlaftrunken und verwirrt die Augen öffnete, verschloss sie seinen Mund mit einem langen Kuss, damit er nicht zu sich kommend reden und ihre Zimmergenossinnen wecken würde. Sie drückten im Bett sehnsüchtig die nackten Körper aneinander, genossen es, Haut und Haut vereint zu sein und wussten, dass sie nur noch wenige Minuten so liegen durften. Fynn musste gehen, bevor eine von Novalees Zimmergenossinnen erwachte.

Fynn zog sich leise an und verließ auf Zehenspitzen das Zimmer. Novalee spürte den Nachhall ihres Zusammenseins und vermisste ihren Geliebten von dem Moment an, als sich die Tür hinter ihm schloss.

Diesen Tag soll uns Nereus nicht nehmen! Novalee sprang aus dem Bett, lief nackt ins Treppenhaus, holte Fynn ein und schlang die Arme um seinen Hals. Sie küssten sich, als hätten sie sich monatelang nicht gesehen: „In der Nacht gehörten wir nur uns – ich möchte, dass wir uns auch diesen Tag schenken. Warte unten auf mich."

Fröstelnd saßen Novalee und Fynn frühmorgens am Flussufer, tranken heißen Tee, blinzelten glücklich und schlaftrunken in den aufgehenden Sonnenball, während sie vom Nie-mehr-allein-Sein träumten – es war wahrlich ein Tag im Paradies. Novalee und Fynn ignorierten die sie umgebende, drohende Düsternis, ihre Liebe und die pulsierende Gegenwart waren stärker, jener erstaunliche Mittelpunkt der Lebendigkeit erreicht. Es war ein Aufschwung, wie er steiler nicht hätte sein können.

Ein alter Straßenfeger näherte sich mit schleppendem Gang, blieb vor ihnen stehen und erklärte ungefragt die Umgebung, bis er schließlich fast wie im Selbstgespräch murmelte: „Ich habe keine Lust mehr."

„Ja, das verstehe ich", meinte Fynn und sah den Mann mitfühlend an.

„Nein, im Ernst", klagte er und stützte sich müde auf seinem Besen ab.

„Aber Sie arbeiten am schönsten Ort der Stadt", versuchte Novalee ihn aufzumuntern.

„Ja, ja."

Vergeblich versuchten sie, ein Lächeln in seinem Gesicht zu entdecken.

„Wollen Sie eine Tasse Tee?"

„Nein, nein. Das hilft ja alles nichts."

Er wandte sich zum Gehen.

„Bleiben Sie doch noch ein wenig."

„Nein, nein, schon gut", murmelte der Straßenfeger und schlurfte verdrossen weiter.

Eine breite Wolke stand schräg über dem Fluss, am Horizont hatte sich Dunst gebildet, über ihnen prangte ein Stück blauen Himmels, und ein paar Meter entfernt lagerten junge Müßiggänger, die hier das Ende der durchzechten Nacht verbrachten. Boote fuhren auf und ab, das Wasser des Flusses schlug in immer höheren Wellen gegen die Kaimauer zu ihren Füßen. Während die Stadt erwachte, fühlten Novalee und Fynn mitten darin das Besondere ihres Tages, von dem der Rest der Welt nichts wusste. Die Sonne wärmte ihre Gesichter, und sie hielten sich an beiden, ineinander verschränkten Händen fest, als würde durch sie ein gemeinsamer Kreislauf strömen, immer und immer wieder.

Erst danach sprach Fynn über Lucille. Sie darbte in einem Gefängnis und war wegen Aufwiegelung zu einer mehrjährigen Haftstrafe verurteilt worden. Fynn hatte sie mehrmals besucht. Lucille verbot Fynn schließlich diese Besuche und hatte ihm erklärte, dass er nicht unvernünftig sein solle. Er sei jung und habe sein Leben noch vor sich und sowieso sei er – Vater. Lucille erfuhr einiges durch Bonnie, hatte eins und eins zusammengezählt, und weil sie ahnte, dass Fynn noch immer nichts wusste, verriet Lucille Fynn, was Novalee ihm verschwiegen hatte.

Ja, er habe Lucille aufrichtig geliebt, aber er liebe auch sie. Wenn ihn der Gedanke auch nicht losließe, dass Lucille im Gefängnis sei und dort leide. Er hatte Lucille zugesichert, auf sie zu warten – aber sie habe die Beziehung mit ihm beendet und ihn aufgefordert, sich um seine Tochter und um Novalee zu kümmern. Fynn habe eine Familie, Lucille werfe ihm nichts vor: Als sie zusammenkamen, hatte er nicht gewusst, dass er Vater ist und nicht geahnt, dass er Novalee je wiedersehen würde.

Sie vereinbarten, was Fynn sehr erleichterte, dass sie sich gemeinsam um Lucille kümmern würden. Obwohl Lucille ihn ausdrücklich davor gewarnt hatte. Seine Besuche könnten die Aufmerksamkeit mächtiger Feinde auf sich ziehen und er in

Ungnade fallen. Das beste Schicksal in so einem Falle wäre der Verlust der Arbeit, aber die Vorgesetzten hatten auch die Macht, einen jederzeit wegen Aufwiegelung verhaften zu lassen. Was konnte ein mittelloser Arbeiter schon gegen sie ausrichten?

Die Gruppe der jungen Leute besprach lärmend den Aufbruch und entfernte sich gemächlich. Seltsamerweise fuhr weder ein Boot vorüber noch krächzte ein Vogel – es war sekundenlang unheimlich still, als ob die Erde den Atem anhielt und etwas Besonderem gewahr wurde. Dann musste Novalee Fynn endlich alles von ihrer Tochter berichten. Er bekam gar nicht genug davon und stellte tausend Fragen. Am liebsten wäre Fynn im selben Moment losgeeilt, um Aniela in seine Arme zu schließen.

Nachdem Fynn Novalee gefunden hatte, konnten sie sich verabreden. Das Unerwartete ihrer Begegnung versetzte beide in einen rauschartigen Zustand. Nach all dem Leiden war dies ein Aufschwung der Gefühle, wie er höher nicht hätte sein können. Sie sahen sich in den nächsten Tagen und Wochen, wann immer es möglich war. Jedoch teilten sie beide das Zimmer mit anderen.

„Weißt du noch, was du an jenem Abend zu mir gesagt hast, als ich dir mitteilte, dass ich in die große Stadt gehe?"

„Etwas hat sich geändert. Du bist nicht mehr mein Theaterschüler."

„Du erinnerst dich daran?"

„Natürlich. Ich habe oft daran gedacht."

„Wir könnten mit Aniela in unsere kleine Stadt zurückkehren! Novalee, ich bin längst bereit dazu."

Überrascht sah Novalee Fynn an, glücklich über seine Gegenwart, gleichzeitig spürte sie, dass sie, so schwer das Leben hier auch war, nicht fortgehen durfte. Noch nicht.

„Fynn, ich würde so gerne jetzt gleich mit dir von hier verschwinden. Aber die Zustände in den Fabrikhallen sind unerträglich, und vielleicht erreichen wir eine Verbesserung der Verhältnisse, wenn auch nur eine geringfügige."

Fynn sah Novalee bestürzt an und konnte nicht glauben, was sie da sagte. Aber es gelang ihr trotzdem, ihn an diesem Abend zu beruhigen. Am Ende sagte Fynn resigniert: „Da ist ja auch noch unsere arme Lucille. Wir sollten vorerst in ihrer Nähe bleiben, wenn ich auch noch immer nicht weiß, was wir für sie tun können."

Während Fynn längst schlief, dachte Novalee ernsthaft über die Möglichkeit nach, die Stadt zu verlassen. Gleichzeitig spürte sie eine Verantwortung, der sie sich aus einem schwer zu erklärenden Grund nicht entziehen konnte.

Als sie endlich in einen unruhigen Schlummer fiel, träumte Novalee, eine Schiffbrüchige in einem winzigen Rettungsboot auf dem endlosen Ozean zu sein. Sie war verloren, Tag um Tag, Nacht um Nacht. Ein riesiger Kahn glitt irgendwann an ihr vorbei, zwei Gestalten standen auf dessen Brücke: Demian und Tyren. Im Schiffsrumpf arbeiteten eigenartige Wesen – halb Maschine, halb Mensch. Dies war eine grausame Lösung, um den Gesetzen des Fortschritts zu gehorchen. Nicht das System musste sich dem Menschen anpassen. Es war umgekehrt. Der Mensch wurde angepasst.

Fynn gelang es, ein Zimmer zu finden, das sie umgehend bezogen. Sie gaben sich als Eheleute aus. Endlich konnten sie ungestört zusammen sein. Sie verwendeten jene Ringe, die Novalee ursprünglich gekauft hatte, um die Leute in ihrer Heimat zu täuschen. Die Nächte gehörten von nun an ihnen. So verbrachten sie erfüllte Stunden, die vollkommen gewesen wären, wenn Novalee nicht gewusst hätte, dass Fynn sich danach sehnte, die Stadt zu verlassen, und nur wegen ihr und Lucille ausharrte. So verging die kostbare, einmalige Zeit.

Wie bisher schufteten sie während des Großteils des Tages, waren aber in den wenigen freien Stunden glücklich miteinander. Einige Zeit lebten sie bereits auf diese Weise zusammen, als Fynn eines Abends verächtlich sagte: „Wer hier zufrieden ist, ist längst zu einem Automaten geworden."

Immer öfter hatten sie sich in letzter Zeit in nutzlosen Diskussionen verfangen. Fynn wollte nur noch von Nereus weg und alles hinter sich lassen, während Novalee weiterhin hoffte, zu Verbesserungen beitragen zu können.

„Dass alle jeden Tag dort hingehen", klagte Fynn.

„Es bleibt ihnen nichts anderes übrig. Die Not zwingt sie dazu."

„Jeder hat eine Wahl."

„Aber schau, wie großartig und tapfer sie sind, jeden Tag durchzuhalten."

„Durchhalten! Das kann doch nicht zum dauerhaften Zustand werden", zweifelte Fynn.

Inzwischen diskutierten sie halbe Nächte lang.

„Lass uns von hier verschwinden, um wieder unbeschwert und zufrieden zu sein. Warum willst du unsere Liebe diesem aussichtslosen Kampf opfern?"

„Weil hier so viele leiden und ich das nicht mit ansehen kann."

„Wir werden sowieso alle bald durch Maschinen ersetzt", stieß Fynn verächtlich hervor.

Das hörte Novalee zum ersten Mal. Als Fynn dies sagte, durchzuckte sie eine böse Ahnung. Sie erschrak unwillkürlich und führte dies zunächst darauf zurück, dass weitere Maschinen installiert werden sollten, und die so hart arbeitenden Frauen und Männer dadurch ihren kümmerlichen Verdienst verlieren würden. Erst später wurde ihr die wahre Ursache ihres Erschreckens deutlich.

„Wie kommst du darauf?"

„Es soll neue Maschinen geben, die viel mehr leisten als die bisherigen."

„Aber dann werden sie tatsächlich etliche entlassen!"

„Du wirst es noch erleben. Sie werden wie panische Schiffbrüchige um die wenigen Rettungsboote kämpfen. Dann ist es von einem Tag auf den anderen die Arbeit, auf die sie ein Anrecht haben, die man ihnen nicht wegnehmen darf, und keiner wird mehr davon reden, wie schwer und unerträglich sie ist."

„Wie hast du von den neuen Maschinen erfahren?"

„Vorerst ist es nur ein Gerücht. Aber siehe doch: Maschinen arbeiten Tag und Nacht ohne Unterlass und ohne zu murren! Sie brauchen keinen Schlaf und keine Pausen! Es ist ein Irrtum zu glauben, dass der Mensch mit Maschinen konkurrieren kann! Andererseits erlösen sie uns immerhin von der Knechtschaft!"

„Aber dann werden alle ihr Einkommen verlieren."

„Das wird so oder so eintreten. Der Fabrikarbeiter, ja, der Mensch an sich wird überflüssig. Es ist nur eine Frage der Zeit. Dann gibt es nichts mehr für uns zu tun."

„Das ist ein weiterer Grund, dass wir endlich irgendeine Möglichkeit zur Mitbestimmung bekommen."

„Solch ein Protest beschleunigt dies nur", unterbrach Fynn Novalee. „Die Fabrikleitung wird unzufriedene und protestierende Arbeit schneller ersetzen als willfährige. Das macht es für sie nur einfacher. Ihr seid unzufrieden und wollt Veränderung. Das wird ihnen bald ein willkommener Anlass sein."

„Aber es ist gerade deshalb wichtig, dass wir mehr Einfluss auf solche Vorgänge haben."

Fynn lachte bitter auf. „Das könnten nicht einmal alle Werktätigen dieses Landes zusammen entscheiden. Wir sind nur Marionetten. Neue Erfindungen verändern die Welt. Den Fabrikherren entstehen dadurch neue Möglichkeiten. Wir sind ihnen auf Gedeih und Verderb ausgeliefert. Der Einzelne spielt längst keine Rolle mehr. Es ist Zeit zu gehen, bevor alle zurück auf das Land strömen, weil sie in der Stadt kein Auskommen mehr finden."

„Aber das ist doch feige!"

„Feige! Mutig! Das sind alles nur Worte! Wie glücklich waren wir an unserem Weiher! Und dazu mussten wir nicht einmal mutig sein!"

„Entschuldige, lieber Fynn. Was ist aus allem geworden? Auch aus uns. Wir streiten die halbe Nacht …"

„Du hast recht, auch ich bin dessen längst müde. Lass uns schlafen."

In dieser Nacht dachte Novalee, dass Fynn recht hatte. Die Auseinandersetzung mit Nereus und alles, was damit zusammenhing, beeinflusste ihre Gefühle füreinander und war vielleicht sogar in der Lage, ihre kostbare Liebe zu gefährden. War es das wert? Unzufriedene würden sie nur noch schneller durch Maschinen ersetzen. Aber woher wusste Fynn das alles?

In einer anderen Nacht drängte Fynn erneut, flehte Novalee geradezu an, gemeinsam zu Aniela zurückzukehren. Wie gut es trotz allem war, miteinander leben zu dürfen! Novalee konnte noch immer nicht fassen, dass es Fynn gelungen war, diese Unterkunft für sie zu finden. Aber war nicht gerade das verdächtig? In diesem Augenblick durchzuckte sie ein abscheulicher Verdacht und vergiftete ihr Herz. Wie hatte er das bewerkstelligt? Es gab doch kaum freie Wohnungen. Novalee musste ihn danach fragen, ohne Argwohn zu erregen. Im selben Moment wusste Novalee, dass sie durch diese Zweifel ihrer Liebe schadete, ihr Glück in Gefahr brachte. Sie unterstellte dem Schönsten in dieser Welt, ein Monstrum zu sein. War sie ein durch und durch misstrauischer Mensch, der auf Dauer keine Liebe annehmen konnte?

Was die Angst aus mir macht! Fynn, ein Komplize von Nereus! Novalee versuchte, klar zu sehen. Fynn lag neben ihr und atmete ruhig. Aber vielleicht sandten Demian und Tyren ihn, um sie auszuforschen. Sollte Fynn längst die Seiten gewechselt haben – womöglich, um sie vor sich selbst zu schützen? Redete Fynn nicht oft abfällig über die Naivität seiner Arbeitskameraden.

Nein! Das war unmöglich! Seine Zuneigung war echt. Sie konnte sich nicht so sehr täuschen. Solch eine Liebe vermochte kein Mensch vorzutäuschen. Und doch wusste Novalee, dass es dies schon tausendfach gegeben hatte: Aber nicht mein geliebter Fynn! Jedoch dachten genau das auch all die Getäuschten und Betrogenen vor ihr! Unsere Liebe ist anders! Sie ist aufrichtig, außergewöhnlich und wird für immer bestehen. Halb irr schwankte Novalee zwischen ihrer Liebe und den Zweifeln, die an ihr nagten.

Novalees Unruhe nahm beständig zu. Sie wollte kein manipulierbares Element sein, sondern ein mit unabhängigen Gedanken ausgestatteter Mensch. Aber Novalee fürchtete, dass sie zu schwach für solch eine Aufgabe war. Was konnte sie nur tun? Nereus schaltete alle Widersacher unerbittlich aus, erstickte jeglichen Widerstand im Keim. Alles erschien aussichtslos!

Novalee und Fynn setzten ihre Diskussionen hartnäckig fort. Fast wie gegen ihren eigenen Willen.

„Dennoch darf der Mensch nicht ausgebeutet werden", beharrte sie auf ihrem Standpunkt.

„Keine Sorge. Die Ausbeutung hat bald ein Ende."

Fynn spielte wieder auf sein Lieblingsthema an – die Ersetzung der Arbeiterinnen und Arbeiter durch Maschinen.

„Maschinen kaufen nichts. Wer soll dann all die Waren erwerben?"

„Maschinen bringen mehr Profit, und der Mensch denkt zu kurzfristig und nur an sich. Das ist überall das Gleiche."

„Aber der Egoismus des Einzelnen muss nicht für immer vorherrschen."

„Wie willst du das ändern? Den Neugeborenen die Nächstenliebe mit dem Löffel einflößen?"

„Es muss einen Weg geben."

„Du wirst sehen. Wenn sie die neuen Maschinen einführen, werden sich alle, die die Widerstrebenden gestern noch bewunderten, von ihnen abwenden."

Eine Woche später erhielten sie eine Nachricht. Jaron lag im Sterben. Fynn brach umgehend auf.

Jaron und Fynn

Fynn kam gerade noch rechtzeitig, um sich von seinem Vater zu verabschieden. Jarons Reaktion war ein nicht endendes Lächeln. Er begann zu erzählen, wie es ihm ergangen war: „Aber es kam der Tag, an dem die Schmerzen wieder schlimmer wurden. Irgendwann ging es nicht mehr – es gibt einen Punkt, danach kannst du dich nicht mehr zwingen, wenn es dir zuvor auch tausend Mal gelang. Dann ist die Krankheit stärker, sie kann warten, lange hat sie sich in mir ausgebreitet. Sie hat gesiegt. Aber auch ich habe gewonnen, denn jetzt sehe ich meinen Fynn nochmals. Die ganze Zeit hatte ich dich als Jungen im Kopf – und konnte mir nicht vorstellen, dass du wirklich so groß bist, glaube es nicht einmal jetzt", lachte Jaron, „während ich es abermals mit meinen eigenen Augen sehe."

Nach seiner Rede war Jaron sehr erschöpft. Er hatte so lange darauf gewartet, seinen Sohn zu sehen, dass er all seine Zuneigung in diesen Worten verströmte und nicht damit aufhören konnte. Indessen plauderten sie über die guten alten Zeiten. Jaron brachte es früher nicht fertig, die Liebe zu seinem Sohn, so groß sie auch war, direkt zu äußern. Er hatte diese meist umschrieben, immer über etwas anderes gesprochen, das Ziel mit zahllosen Worten umkreist, war allzu gerne ausgeschweift. Dabei hätte er auch einfach sagen können: Ich liebe dich so sehr, mein Sohn. Das hätte genügt. Aber Jaron zog es vor, die grausame Welt durch Worte in etwas Fröhliches und Farbiges zu verwandeln. Er schuf eine wohlige Atmosphäre, die seine Zuneigung umständlich, aber äußerst gelungen ausdrückte.

„Man kann mich nicht mehr in Ordnung bringen", scherzte Jaron, versuchte zu lächeln, was ihm nicht gelang, besann sich und sprach aus, was er sich sonst zu sagen geweigert hätte: „Ich weiß, dass ich vieles falsch gemacht habe, aber geliebt habe ich dich immer. Es tut mir leid, dass ich dir nichts hinterlassen kann. Also kümmere dich von nun an selbst sorgsam um dein Glück. Ach, das brauche ich ja gar nicht zu sagen, dies wirst du sowieso tun. Ich kenne doch meinen Sohn. Erinnerst du dich noch an die Idee mit dem Schauspieler für die Wiedereröffnung des Ladens?"

Fynn nickte.

„Das war wohl eine dumme Idee, aber es wäre dennoch ein großer Spaß gewesen. Vielleicht hätten wir es einfach versuchen sollen. Was für eine großartige Sensation! Niemand hätte uns das je nehmen oder nachmachen können."

„Darf ich deine Hand halten?", fragte Fynn, als Jaron die Kraft zum Sprechen ausging. Auf diese Weise erkundigte sich Fynn höflich und respektvoll, gemäß den unausgesprochenen Gesetzen des Umgangs, der zwischen ihnen schon immer bestanden hatte, ob er so etwas Einfaches tun dürfe, wie die Hand seines Vaters zu halten.

Jaron nickte, und es hatte etwas Würdevolles, als er mühsam bat: „Erzähl du doch ein wenig."

Fynn dachte sofort an Novalee und wie er seinem Vater sogleich alles erzählen würde, wenn er erst einmal davon anfinge. Dann gäbe es kein Halten mehr. Er wäre wieder der kleine Junge, der dem Vater nach anfänglichem Zögern seine Kindersorgen offenbarte.

Also erzählte Fynn zunächst von der Zeit nach Jarons Abreise, und was er alles mit den Kunden in ihrem Laden erlebt hatte. Als er doch noch Novalee erwähnte und dass sie bereits eine Tochter hatten und er Großvater sei, lächelte sein Vater zwar schwach, aber erkennbar.

Jaron hatte neue Kraft geschöpft. Es war unmöglich zu sagen, woher diese kam. Wohl kaum aus diesem erschöpften, mageren Körper, der unter dem Laken zu erkennen war. Jaron verabschiedete sich mit letzter Kraft von Fynn: „Lieber Sohn,

145

deinetwegen war ich ein glücklicher Mensch. Am Ende sieht man alles klarer. Nun brauche ich mir keine Illusionen mehr zu machen, all das Getue wird unnötig, mit dem man sich jeden Tag umgibt und sich und andere über das hinwegtäuscht, was man wirklich fühlt. Ich habe keine Lust mehr, meine Zeit mit solchen Schummeleien zu verschwenden. Das wäre auch allzu dumm, wenn erst einmal der letzte Tag angebrochen ist. Es ist wenig, das bleibt. Aber ich bin so dankbar, dass ich diese letzten Momente mit dir verbringen darf."

Jaron atmete schwer und schloss die Augen. Nach einer Ewigkeit des Wartens sah er Fynn nochmals bei vollem Bewusstsein an: „Wir sind doch immer gute Freunde gewesen, nicht wahr?"

Fynn nickte, lächelte und drückte Jarons Hand.

„Mit was man seine Zeit verbracht hat", staunte Jaron und hätte wohl ungläubig den Kopf geschüttelt, wenn er noch die Kraft dazu gehabt hätte. Er sprach langsam, mit langen Pausen zwischen seinen letzten Worten: „Wozu? Was bleibt von all den Jahren? Das Leben ist sehr lang. Aber was besteht fort? Was mich überlebt, bist du, du hast mein Leben erfüllt. Deine Mutter ist leider zu früh von uns gegangen. Und sonst? Vieles war nur Beiwerk."

Jaron schwieg eine unbestimmte Zeit, bis er leise sagte: „Wozu? Wozu?"

Seine Worte wurden von nun an zu einem undeutlichen zarten Flüstern. *Wozu? Wozu?* Dies waren die letzten verständlichen Worte seines Vaters. Und Fynn wusste, dass er ihm immer gerne zugehört hatte, bereits von klein auf, wenn sich manches auch als falsch oder nicht haltbar herausgestellt hatte – oder vielleicht gerade deshalb. Sein Vater war ein unverbesserlicher Träumer gewesen, aber einer, der von guten Dingen träumte, die durch seine Schilderungen, so unrealistisch diese auch waren, zu herrlichen Tagträumen wurden, welche die schnöde Welt schöner machten als sie war. Jaron hatte gewusst, wie dem Dasein die Nüchternheit zu nehmen ist und diesem ein seidenes, gefüttertes Deckmäntelchen des Besonderen und Außergewöhnlichen, der fröhlichen Farben und der Zartheit, des Humors und einer wohlmeinenden Ironie übergestülpt. So war jegliche Umgebung in seinem Einflussbereich stets zu einem schöneren Ort geworden.

Das vermögen nur wenige Menschen, dachte Fynn stolz. Und mein Vater ist einer von ihnen.

Jaron öffnete kurz die Augen, betrachtete seinen Sohn aufmerksam und atmete schnell und flach. Fynn hielt Jarons Hand und sah, wie ein unmerkliches, charakteristisches Schmunzeln über das

Gesicht seines Vaters huschte, während sich Jarons Finger in seiner Hand bewegten, er noch einmal versuchte, die Hand seines Sohnes zu drücken.

Als Jaron die Augen ein letztes Mal schloss, verwandelte sich die Welt in etwas schrecklich Nüchternes. Ja, sie waren gute Freunde. So lebensuntauglich sein Vater auch gewesen war. Fynn hätte ihn sich nie anders gewünscht, sondern genauso, wie er ihn von klein auf kannte, so verspielt und liebenswert. Nur so konnten Himmel und Erde sich berühren.

Fynns Herz setzte zu einem verzweifelten Galopp an, als sein Vater starb. Er fühlte die Panik in sich aufsteigen, der Körper vor ihm war nunmehr eine leere Hülle und keine verrückte Geschichte würde je wieder diesem vertrauten Mund entströmen: Kein Lächeln, kein Scherz, keine Verwandlung der kühlen Welt in ein buntes Feenreich gelingen. Kein Zauberer würde seine Hand nehmen, mit ihm umherspazieren und durch seine Worte die Dinge berühren und umgestalten. Jaron konnte keine Anekdoten mehr erzählen, die genauso unwahr wie wahr zu sein schienen. Mit seinem Vater starb auch der Glaube an die Märchenwelt seiner Kindertage. Fynn schaute sich ernüchtert um und sah die Welt mit neuen Augen. Er gewann eine Einsicht, die er bisher weitgehend zu vermeiden gewusst hatte. Ein Mensch mit guten Absichten, das war sein Vater gewesen.

Wie Jaron so reglos dalag, erinnerte er Fynn an ein totes Reh. Nicht an einen Bären oder Büffel oder sonst ein starkes Tier, dem manche Männer sich zu ähneln rühmen. Dass dieses Leben so einmalig war inmitten der Jahrmillionen andauernden Reise der Sterne durch die Unendlichkeit, dass es nie wieder so einen Menschen wie Jaron geben würde, erschien Fynn unfassbar. Aber gerade das machte jedes einzelne Leben kostbar und einmalig, weil es unersetzlich war.

Ach, Novalee! Aber die war in diesem Moment so fern und wollte noch immer nicht mit ihm zu Aniela reisen, um gemeinsam fernab der großen Stadt zu leben. Vielleicht würde es ihm ja bald gelingen, sie umzustimmen. Am liebsten hätte er auf der Stelle einen Brief verfasst, um Novalee von der Wichtigkeit ihres privaten Glücks zu überzeugen. Aber Fynn wusste, dass er keine Briefe schrieb wie einst sein Vater, so bunt und lebendig, voller Wärme und funkelnder, augenzwinkernder Lebendigkeit.

Als Fynn zurückkehrte, waren Novalee und er zunächst nur froh, wieder zusammen zu sein. Diese Freude trug sie durch die nächsten Tage und Wochen und täuschte über ihre unterschiedlichen Meinungen hinweg. Fynn wollte immer noch Nereus und die Stadt verlassen und sah jetzt, nach Jarons Tod, die Möglichkeit, leichter durchs Leben zu kommen. Er musste kein Geld mehr für die Versorgung seines Vaters verdienen.

Fynn versuchte ein letztes Mal, Novalee zu überzeugen: „Ich habe genug von dieser Art zu leben und will endlich unsere Tochter sehen, bei ihr sein. Komm bitte mit mir, Novalee!"

„Ich kann jetzt nicht einfach gehen. Es kommt doch langsam Bewegung in das Ganze. Die Unruhe unter den Werktätigen steigt beständig. Ich käme mir wie eine Verräterin vor und würde mir das nie verzeihen."

Fynn sprach langsam aus, was ihn schon lange beschäftigte: „Ich habe schon viel zu lange gewartet und werde die Stadt verlassen, um die Reise anzutreten und endlich Aniela zu umarmen. Ich habe meinen Vater verloren. Du und Aniela seid alles, was ich habe. Komm mir nach. Sobald du kannst."

Ihre Liebe war im Moment der Trennung wieder rein und intensiv, unschuldig und kostbar wie in der ersten Nacht. Novalee schrieb ihren Eltern und kündigte Fynns Ankunft an. Sie vereinbarten, dass sich Fynn in Novalees Heimatdorf als ihr Ehemann ausgeben sollte.

„Ich würde dich gerne heiraten, Novalee, und mit dir unsere Tochter großziehen. Aber ich sehe, dass du noch immer nicht dazu bereit bist. Dass du imstande bist, hier zu bleiben und solch ein Opfer zu bringen, nötigt mir den höchsten Respekt ab – gleichzeitig bin ich traurig, dass wir nicht unser kleines Glück leben."

Bevor Fynn abreiste, besuchten sie gemeinsam Lucille. Novalee verstand sich in diesen Tagen selbst nicht mehr. Fynn war zu dem bereit, was sie immer gewollt hatte, und nun verhielt sie sich auf eine Weise, die sie sich selbst nicht erklären konnte. Es war viel Trotz und Widerspruch in ihr, etwas, das sie nicht aufgeben konnte. Novalee war es beinahe gleichgültig, was mit ihr passieren würde. Immerhin würde im schlimmsten Fall Fynn für Aniela da sein.

Am Morgen von Fynns Abreise versprach ihm Novalee: „Ich will wenigstens einen Versuch unternehmen, die Arbeitsverhältnisse bei Nereus zu verbessern – und dann komme ich zu euch nach Hause."

„Eine absolute Autorität zu bekämpfen führt zur Niederlage, Liebe im Privaten hingegen kann für uns Glück bedeuten", warnte Fynn Novalee eindringlich.

„Du hast recht. Es ist sicherlich klüger, die Liebe in unserer kleinen Welt zu suchen und zu behüten, statt sich Gefahren auszusetzen. Du bist weicher und gütiger – und kannst verzeihen. Was du sagst, hat nichts mit Feigheit zu tun, es ist unter diesen Umständen nur realistisch und vernünftig. Aber ich habe wohl nie verziehen. Nicht seit dem Tod meiner unschuldigen Schwester."

„Hoffen wir, dass sich die große Welt endlich zum Besseren ändert", meinte Fynn.

Novalee betrachtete lange das vertraute Gesicht, bevor sie sagte: „Es wäre besser gewesen, du hättest mich in einer anderen, glücklicheren und gerechteren Zeit geliebt."

„Gleichgültig in welcher Zeit, ich werde dich immer lieben."

„Liebe mich in einer neuen Zeit", antwortete Novalee und schob den Widerstrebenden sanft zur Tür hinaus.

Novalee hatte in jenem Moment Hoffnung geschöpft, als Paul Roberts mit der alten Näherin
sprach und sie aus dem Saal führte. Seitdem beabsichtigte sie, den Eigentümer von Nereus für ihr
Vorhaben zu gewinnen. Sie wollte ihn davon überzeugen, wie wichtig Verbesserungen für die Frauen
und Männer, die für ihn arbeiteten, seien. Sie hatte
diesen Plan nie vor Fynn ausgebreitet, weil er Einwände gehabt hätte – und vor allem anderen deshalb, weil sie Fynn nicht mit in diese Sache hinein-
ziehen durfte.

Nach Fynns Abreise besann sich Novalee auf
ihren Entschluss und überlegte, was zu tun ist.
Schließlich schrieb sie einen Brief, in dem sie die
Zustände bei Nereus aus Sicht einer Näherin schilderte. Es war nicht schwer herauszufinden, wo ein
bekannter Mann wie Roberts wohnte. Eines
Abends machte sie sich auf den Weg. Novalee
wurde nicht vorgelassen, aber ihr Brief werde natürlich entsprechend weitergeleitet werden, versicherte ihr der livrierte Hausdiener.

Zwei Tage nachdem Novalee den Brief abgege-
ben hatte, erschien Demian in der Näherei. Er kam
nicht allein. Der Mann, der Novalees Brief entge-
gengenommen hatte, begleitete ihn. Sie gingen

durch die Reihen, und als der Hausdiener Novalee erkannte, forderte Demian Novalee auf, mitzukommen. Demian führte Novalee über das Werksareal in ein steinernes Gebäude, sie betraten ein großzügiges Büro, in dem Tyren Novalee mit den Worten empfing: „Die geheimnisvolle Verfasserin des Briefes. Das hätte ich mir eigentlich denken können. Nehmen Sie doch Platz."

Demian verließ den Raum und ließ Novalee mit Tyren allein.

Novalee setzte sich und sah Tyren herausfordernd an: „Und ich hätte mir denken können, dass Sie entsprechende Vorkehrungen treffen."

„Was hatten Sie erwartet? Sie schreiben einen Brief an Herrn Roberts, und er eilt daraufhin umgehend hierher und ändert alles in Ihrem Sinne?"

„Nun, gibt es nicht eine Verantwortung der Fabrikbesitzer für die Werktätigen?"

„Das schildern Sie ja auch wunderbar. Sie reden von geregelten Arbeitszeiten, bezahlten Überstunden, Lohnfortzahlung im Krankheitsfall und einer Altersversorgung. Glauben Sie, dass Herr Roberts darauf eingegangen wäre?"

„Wäre? Es besteht also zumindest die Möglichkeit. Warum sonst haben Sie den Brief abgefangen?"

„Habe ich das? Kann es nicht vielmehr sein, dass Herr Roberts ihren Brief gelesen und mich danach beauftragt hat, die Verfasserin desselben zu entlassen?"

„Nein, das glaube ich nicht."

„Nun gut. Es steht Ihnen frei zu glauben, was Ihnen beliebt, aber Sie hätten sich an mich wenden sollen. Stattdessen wählten Sie einen zweifelhaften Weg und haben mich übergangen. Das kann ich nicht tolerieren."

„Wer nicht für Sie ist, ist gegen Sie."

„Wer hat Ihnen das erzählt? Ach natürlich! Der gute alte Fynn. Aber das ändert diesmal auch nichts. Das Kapitel Nereus endet hiermit unwiderruflich für Sie."

Zwei Wachmänner begleiteten Novalee zum Haupttor. Die erste Stunde lief Novalee voller Angst durch die Straßen, weil sie erwartete, dass die mächtigen Männer von Nereus sie nicht so leicht davonkommen lassen würden. Abends verspürte Novalee eine erste Erleichterung. Die Anspannung nahm etwas ab, und daraufhin setzte das Gefühl der Enttäuschung ein. Ihre Anstrengungen mündeten in einer Niederlage! Was hatte sie schon erreicht? Nichts. Also war sie stets nur eine Randfigur geblieben. Sie entledigten sich ihrer mit einem

Fingerschnippen. Sie war es nicht einmal wert, dass man sie der Polizei übergab.

Ihr lächerlicher Versuch war ein kurzer, aussichtsloser Kampf gewesen. David gegen Goliath. Nur, dass in der Realität Goliath gewann. Was nun? Novalee dachte voller Sehnsucht an Aniela und Fynn, von dem sie seit seiner Abreise nichts gehört hatte. Sollte auch sie jetzt nach Hause zurückkehren? Dieser Gedanke war verlockend. Durfte sie wirklich abreisen? So gerne sie auch allem endgültig entflohen wäre, stellte sie sich ernsthaft diese Frage. Novalee gestand sich ein, dass sie offensichtlich nicht zur Heldin geboren war. Die letzten Tage hatte sie die Angst vor Entdeckung gequält, und in ihrer Fantasie hatte sie sich ausgemalt, was mit ihr geschehen konnte. So sehr hänge ich an meinem kleinen und einmaligen Leben, dachte Novalee. In ihrer Hoffnungslosigkeit erinnerte sie sich an Maja. Novalee wollte sie unbedingt sehen, bevor sie abreisen würde. Dies war endlich wieder etwas, auf das sie sich freute, inmitten eines Lebens, das nur noch aus Anstrengung, Furcht und Einförmigkeit bestanden hatte. Tatsächlich fand Novalee spät abends den Betrieb, in dem Maja arbeitete. Dort erfuhr Novalee, wo Maja wohnte. Sie schlief in einer Koje, als Novalee ankam. Zu zwölft teilten sie sich einen Raum. Novalee erinnerte sich daran, wie ihre Reisegefährtin im Zug an ihrer Schulter geschlafen hatte. Sie wollte Maja nicht wecken und hinderte auch ihre Zimmergenossin daran.

„Die arme Maja", berichtete ihre Zimmergenossin. „Sie kann nicht einmal an den wenigen freien Tagen im Jahr nach Hause fahren, weil ihr Heimatort zu weit entfernt ist."

Die Frau erzählte Novalee, wie sie Freundschaft geschlossen hatten, manchmal vor Erschöpfung bei der Arbeit kurz einschliefen und sich gegenseitig weckten, wenn der Aufseher in Sichtweite war. „Wir erleiden dies alles, weil wir hier unser erstes Geld verdienen und unseren Familien damit helfen können", vertraute sie Novalee an. „Ich erinnere mich, wie Maja hier ankam und sagte, als sie unseren Schlafraum betrat und aus dem Fenster sah: ‚Ich bin noch nie so weit oben gewesen.‘ Wir lachten darüber, und ich mochte sie von diesem Moment an. Was bleibt uns außer dieser Freundschaft? Sie ist umso stärker, je schwieriger unser Leben ist."

Während Novalee das Gebäude verließ, ging ihr das Bild der wie tot schlafenden Maja nicht aus dem Kopf und sie dachte, dass diese jungen Frauen unter sehr einfachen Umständen aufwuchsen, genügsam waren und in der Lage, hart zu arbeiten und unmenschliche Bedingungen zu akzeptieren. Novalee wusste, dass, so gering ihr Lohn auch ausfiel, was im Vergleich zu ihrer Leistung lächerlich wenig war, es ihnen dennoch gelang, etwas für ihre Familien zu sparen. All diese Frauen und Männer waren äußerst tapfer und bereit, unendlich viel zu ertragen. Sie wollten etwas erreichen und opferten sich auf, weil es keine Alternative für sie gab. Ein Gedanke beschäftigte Novalee von nun an unentwegt: Andere müssen dafür sorgen, dass diese Menschen nicht bis zur Selbstaufgabe ausgebeutet werden.

Novalee machte sich auf den Weg zu Bonnie. Sie fasste endgültig den Entschluss, ihre Abreise aufzuschieben. Nachdem Novalee die völlig erschöpft daliegende Maja gesehen hatte, wusste sie, dass sie nicht aufgeben durfte.

Sie gingen in ein einfaches Restaurant und genossen nahezu unbeschwert den Abend.

Irgendwann fragte Novalee „Und was dachtest du, als sie mich abführten?"

„Ich war in großer Sorge um dich und konnte mir das nicht erklären. Du wirktest stets so harmlos. Nicht anders als wir alle."

Als sich Novalee in dieser Nacht müde auf dem Bett ausstreckte, fühlte sie die Erleichterung: Das anstrengende Versteckspiel hatte ein Ende gefunden. Sie hatte ihre Rolle gefunden. Nein, sie würde nicht aufgeben. Dies schwor sie sich in jener Nacht.

Bonnie fungierte als Novalees Bindeglied zu Nereus und berichtete: „Der Glaube an eine Verbesserung unserer Situation, an eine Übereinkunft mit den Herren von Nereus ist gestorben, falls er jemals wirklich vorhanden war. Es gibt häufiger Widerworte, und die Situation hat sich verschärft."

Was konnte Novalee tun, nachdem sie von der Nereus-Welt ausgeschlossen war? Immer wieder quälte sie der Gedanke, dass sie jederzeit verhaftet werden könnte. Aus Bonnies Berichten gewann sie den Eindruck, dass etliche Mitarbeiter sich zwar weiterhin fürchteten, aber sich auch nicht länger bis zur völligen Erschöpfung ausbeuten lassen wollten. Viele litten in den zyklopischen Fabrikhallen so sehr, dass sie bereit waren, große Risiken auf sich zu nehmen.

Eines Abends hörte Novalee ein Kratzen an ihrer Tür. Sie öffnete und im nächsten Moment umarmte sie Lucille, die leicht gekrümmt vor ihr stand. „Sie haben mich freigelassen", erklärte Lucille. „Ich kann es selbst noch nicht glauben, hatte jede Hoffnung längst aufgegeben."

Die Frauen saßen Hand in Hand auf dem schmalen Bett, und Lucille berichtete von ihrer unerwarteten Entlassung.

„Roberts selbst hat es angeordnet. Am Tag nach seinem Geburtstag. Er hatte Leona zu der Feier eingeladen, und sie hat ihn gebeten, sie am nächsten Tag bei einem Besuch zu begleiten. Sie kamen zu mir ins Gefängnis. Die alte Leona hatte Roberts alles erzählt, und er sorgte umgehend für meine Begnadigung. Ich bedankte mich bei Leona, und sie fragte, wo ich unterkommen würde. Als ich ihr antwortete, dass ich zu dir gehen werde, sagte sie, ich solle dir liebe Grüße ausrichten, du wärst eine großartige Frau, aber du müsstest dir mehr Mühe mit den Nähten geben. Dabei lachte sie und zwinkerte mir verschmitzt zu. Abschließend meinte sie, dass wir jungen Leute alles auf einmal wollten, was schwierig wäre – aber wir ja auch recht damit hätten – und wünschte uns viel Glück."

Lucille berichtete, dass Paul Roberts ihr Fragen gestellt habe. Vor allem wollte er wissen, auf welche Weise sie verurteilt worden und wie es überhaupt zu der Anklage gekommen sei. Lucille nannte Demian und Tyren als Verantwortliche. Denn diese hatten sie von ihrem Arbeitsplatz holen lassen, der Polizei übergeben, vor Gericht entsprechende Aussagen gemacht und von Aufwiegelung und Agitation gesprochen. Aufgrund von Demians und Tyrens Anschuldigungen war sie zu einer Gefängnisstrafe verurteilt worden, die erst durch den Einwand des mächtigen Paul Roberts aufgehoben wurde.

Lucille war krank, wirkte verstört und ängstlich und wurde von Novalee gepflegt. Auch nach Tagen und Nächten besserte sich ihr Zustand kaum. Lucille redete zunächst nicht darüber, was im Gefängnis mit ihr geschehen war. Novalee vermied, das Gespräch auf Nereus zu lenken. Lucille schien jegliches Interesse an diesen Themen verloren zu haben. Novalee konnte wenig mehr für ihre Freundin tun, als dieser eine Zuflucht zu bieten und sie liebevoll zu versorgen. Lucille schlief schlecht, das Erlebte ließ sie nicht los. Eines Abends sagte Lucille vor dem Schlafengehen unvermittelt: „Sei vorsichtig. Demian ist ein schlimmer Teufel. Einmal besuchte er mich in meiner Zelle und stellte das hier wortlos vor mich hin."

Lucille zog ein kleines Fläschchen hervor und legte es zwischen ihre Tassen.

„Was ist darin?", fragte Novalee mit schreckgeweiteten Augen.

„Gift. Sein Angebot an eine Gefangene, die jegliche Hoffnung verloren hat, sich selbst vom Leiden zu erlösen."

Novalee hatte sich bis dahin nicht vorstellen können, was der Mensch dem Menschen anzutun imstande war.

Lucille reist zu Fynn

Geliebte Novalee,

nach einer anstrengenden Reise schloss ich das erste Mal unsere Tochter in meine Arme. Draußen war ein bitterkalter Wintertag, und während der letzten Stunden dieser einsamen Reise fror ich sehr, aber kaum betrat ich die niedrige Stube, war es Liebe auf den ersten Blick. Ob Aniela mich als ihren Vater erkannte oder als einen Menschen, den sie auf kindlich unverstellte Weise auf Anhieb mochte, ist schwer zu sagen. Ich weinte vor Glück, als Aniela und ich, uns an beiden Händen haltend, durch den Raum tanzten. Erst danach begrüßte ich deine Eltern. Natürlich fragten sie nach dir. Und wie hätte ich ihnen die ganze Wahrheit sagen können? Mehrfach drückten sie den sehnlichen Wunsch aus, dass du so bald als möglich gesund zurückkehren sollst. Sie lassen dich vielmals herzlich grüßen.

Schließlich stand ich am Abend meiner Ankunft, mit Aniela auf dem Arm, am Fenster und sah den tanzenden Schneeflocken zu. Ich musste daran denken, wie gerne Jaron in diesem Moment an unserem Glück teilgenommen hätte, und war mir sicher: Wäre Vater unter uns gewesen, er hätte vor

Freude gestrahlt, weil es einem prächtigen Tag gelang, noch wundervoller als eine seiner geliebten Fantasiegeschichten zu sein.

Endlich hatte sie ein Brief Fynns erreicht. Lucille und Novalee lasen bei Kerzenschein immer wieder seine Zeilen. Am nächsten Morgen gestand Lucille: „Mir reicht es. Ich werde den Mut nicht mehr finden, gegen sie zu kämpfen. Liebe Novalee, darf ich dich um etwas bitten?"

„Jederzeit!"

„Wie du weißt, habe ich niemanden mehr. Aber auf dem Land zu leben, auf einem Hof zu arbeiten, wird gut für mich sein. Dort kann ich vielleicht auch wieder ein wenig gesund werden. Darf ich zu Fynn, deiner Tochter und deinen Eltern reisen?"

Die zwei Frauen lagen sich beim Abschied lange in den Armen. Lucille versprach Novalee, ohne dass diese sie darum gebeten hatte, dass sie auf Fynn, Aniela und ihre Eltern achtgeben würde.

„Fynn droht auf dem Land wohl keine Gefahr", versicherte Novalee Lucille. „Gefährlich ist es hier in der Stadt – aber, falls ich nicht zurückkommen sollte, sollst du wissen, dass Fynn und du …"

Lucille unterbrach Novalee und küsste sie auf die Stirn. Daraufhin eilte sie, um jene Reise anzutreten, die Novalee noch immer hinausschob. Auf diese Weise verlor Novalee nun auch Lucille und war erneut allein.

Und dann geschah etwas, das Novalee nicht erwartet hätte! Tyren bestellte sie zu einer Adresse im noblen Geschäftsviertel der Stadt. Kurz überlegte Novalee, der Einladung nicht Folge zu leisten, aber da Tyren wohl sowieso Wege finden würde, sein Vorhaben umzusetzen, beschloss Novalee, ihn aufzusuchen.

Nach kurzer Begrüßung erklärte Tyren, dass er offen mit ihr sprechen werde, dass er eine neue Stelle im Bereich der Politik angetreten habe. Seine Zeit bei Nereus sei vorbei. Dazu habe auch Lucilles überraschende Freilassung beigetragen, die viel Wirbel verursacht habe. Paul Roberts hätte darauf Demian und ihn kurzerhand entlassen: Sie seien zu weit gegangen, indem sie ohne sein Wissen eine Arbeiterin von Nereus ins Gefängnis werfen ließen.

„Nun, Herr Roberts war richtiggehend empört und erzürnt … aber lassen wir das. Es war sowieso Zeit, den nächsten Schritt zu gehen."

Tyren erklärte, dass er in seiner neuen Funktion Veränderung anstrebe, dass er dazu beitragen wolle, den Staat zu modernisieren, teilweise auch die sozialen Strukturen, um damit dem Widerstand, ja der Revolte zuvorzukommen. Daraufhin führte er aus, warum man die Löhne dennoch niedrig halten müsse. Es gäbe genügend andere Länder, die nur darauf warten würden, ihnen Kunden abzujagen. „Zudem brauchen wir dieses Geld, um unseren Staat voranzubringen. Unsere Industrie müssen wir auf den neuesten Stand bringen, bis wir eine unschlagbare Position einnehmen. Das wird noch zehn bis zwanzig, höchstens dreißig Jahre dauern. Mindestens eine weitere Generation wird dafür sehr hart arbeiten müssen: Das ist unser Kapital", fuhr er fort. „Und es wird unser Land ganz nach oben bringen. Man darf es unter einem historischen Gesichtspunkt sehen, dann sind die Opfer unbedeutend in Betracht dessen, was wir erreichen werden."

So breitete Tyren recht offen seine Gedanken vor Novalee aus. Danach fragte er unvermittelt, ob sie sich eine Mitarbeit vorstellen könne.

„Sie wissen einiges über mich, aber halten Sie mich für geeignet, bei diesen großen Vorhaben mitzuwirken?"

„Sonst hätte ich Sie nicht eingeladen."

Tyren legte Novalees abgefangenen Brief auf den Tisch. „Ihre Vorschläge gehen zu weit – aber es sind interessante Ideen dabei. Unter der richtigen Führung könnten Sie Bedeutsames leisten. Nun, was halten Sie von meinem Vorschlag?"

„Es ist richtig, dass ich mitgestalten will. Zunächst möchte ich jedoch zu Nereus zurück und dort bei Veränderungen mitwirken und hoffe, Herr Roberts gibt mir die Möglichkeit dazu. Aber wozu wollen Sie unser Land noch mächtiger machen? Sind jetzt nicht die am schlechtesten Bezahlten an der Reihe, von dem zu profitieren, was erreicht wurde?"

„Darüber können wir später reden. Denken Sie zunächst nur einmal daran, wie viel Sie bewegen können, wenn Sie sich entschließen, für mich tätig zu werden."

„Die Verhältnisse für große Teile der Bevölkerung müssen sich verbessern. Solange die Situation der sogenannten unteren Schichten unverändert bleiben soll, kann ich nicht für Sie arbeiten."

Tyren ging nach dieser Antwort mehrmals auf und ab, verschränkte die Hände auf seinem Rücken und sagte dann bestimmt: „Alles, was ich jetzt noch sagen könnte, würde Sie nicht überzeugen. Nun, im entscheidenden Augenblick ist der Mensch oft unfähig, die Bedeutung eines Momentes zu erkennen und dementsprechend zu handeln. Viele Jahre lang werden Sie an diesen Zeitpunkt in ihrem Leben zurückdenken und es verwünschen, dass Sie sich damals, als ein anderer Weg möglich war, falsch entschieden haben. Sie werden sich damit trösten, indem Sie sich sagen, dass es der falsche Weg gewesen sei. Aber dieser Gedanke wird Sie nicht beruhigen, denn Sie wissen genau, dass Sie es versäumt haben. Sie haben es nicht versucht, als es möglich war. Aber ich habe bereits zu viel geredet. Sollten Sie es sich anders überlegen, noch steht Ihnen meine Tür offen."

„Eine Frage habe ich noch, bevor ich gehe."

„Nur zu."

„Warum haben Sie mich nicht verhaften lassen wie Lucille?"

Tyren sah Novalee einen Moment lang nachdenklich an, was nicht recht zu seiner tatkräftigen Art zu passen schien: „Vielleicht weil ich Sie und Fynn schon einige Zeit lang kenne – es ist wohl eine kleine Sentimentalität, die ich mir da erlaube. Aber rechnen Sie nicht zu oft damit."

„Das werde ich nicht."

„Novalee, Sie haben mich doch als jemanden kennengelernt, der ehrgeizig seine Ziele verfolgt, nicht wahr?"

„Ja."

„Wir haben bisher nur über mein Engagement für unser Land gesprochen, aber nie über – uns."

„Das wäre auch vergeblich."

„Ist es wegen Fynn?"

Novalee nickte, während Sie Tyren unverwandt ansah.

„Eines verstehe ich an Ihnen nicht, Novalee. Warum schlägt ihr Herz so sehr für Verlierer wie Fynn?"

„Was denken Sie, warum ich so bin wie ich bin?"

„Weil Sie zu wenig an sich selbst und ihren eigenen Vorteil denken, lieber geben als nehmen … Ich kann nur spekulieren, irgendetwas in der Art muss es wohl sein. Aber an meiner Seite, könnten Sie so viel erreichen, gerade auch, um die Schwachen zu unterstützen."

„Und Sie? Was ist mit Ihnen? Warum wollen Sie immer noch mehr Macht? Haben Sie das von ihrem Vater gelernt?"

„Mein Vater?", sagte Tyren nachdenklich. „Er hat viel erreicht. Er hat bei Bertha als Arbeiter angefangen und ist reich geworden. Jedenfalls für die Verhältnisse in einer kleinen Stadt. Aber er hat eine Frau geheiratet, die er nie geliebt hat. Ich weiß nicht einmal, ob er je eine Frau geliebt hat. Aber ich, ich möchte das besser machen. Und Sie sind eine besondere Frau, Novalee."

„Und ich gehöre Fynn. Jenem Fynn, der nichts hat, der nie viel hatte und dennoch immer reicher sein wird als Sie oder Demian oder jeder Wohlhabende in diesem Land. Er ist reicher als alle zusammen. Denn er hatte einen Vater und eine Mutter, die ihn geliebt haben. Man kann nicht alles kaufen. Nicht einmal Sie können das, Tyren!"

Tyren starrte Novalee für Momente wortlos an: „Sie haben wohl recht, Novalee. Es gibt Dinge, die kann man nicht kaufen. Andererseits ist fast alles käuflich. Und das ist wiederum sehr viel."

Novalee erhob sich und ging zur Tür, als Tyren leise sagte: „Noch einmal werde ich Sie nicht beschützen!"

Novalee drehte sich um und meinte: „Das ist mir durchaus bewusst. Aber was ist eigentlich mit Demian? Ist er Ihnen auch diesmal gefolgt?"

„Nein. Er ist zurückgekehrt und übernimmt Ugrins Geschäft. Ugrin ist alt geworden."

„Als Belohnung für seine treuen Dienste?"

„Nein. Ihm gehört das Geschäft."

„Wie großzügig von Ihnen."

„Ganz und gar nicht. Es ist auch sein Geschäft."

Novalee sah Tyren fragend an.

„Ugrin hätte wohl Demians Mutter, eine Frau aus einfachen Verhältnissen, geheiratet. Aber Bertha machte ihm klar, dass sie ihn als Ehemann akzeptieren würde. Daraufhin hat er, ohne zu zögern, Demians Mutter für Bertha verlassen. Demian und ich wussten schon als Kinder, wer sein Vater ist – und dass ich sein Halbbruder bin."

Erstaunt fragte Novalee: „Aber warum hasst er Fynn so? Fynn hatte damit nichts zu tun."

„Vielleicht weil Demian ein Leben lang suchte, was er nicht bekam. Er war auf Fynn eifersüchtig, weil wir als Knaben sehr enge Freunde waren."

„Weil Fynn und Sie enge Freunde waren – nur deshalb?"

„Vielleicht weil er gespürt hat, dass ich Fynn mehr geliebt habe als ihn, meinen eigenen Halbbruder."

„Und jetzt gibt er auf, verzichtet auf seine alte Rache an Fynn?"

„Danach habe ich ihn vor seiner Abreise nicht gefragt. Aber ich hoffe es – allein die räumliche Distanz wird Fynn vor Demian schützen. Er lebt doch jetzt bei ihren Eltern, in einem anderen Teil des Landes."

„Sie sind gut informiert."

„Das ist ein wichtiger Teil meiner neuen Aufgaben. Jederzeit so viel wie möglich über zahlreiche Menschen in Erfahrung zu bringen."

Nach diesen Worten verließ Novalee das prunkvolle Gebäude und fragte sich, wann und unter welchen Umständen sie Tyren wiedersehen würde.

An einer Straßenecke stand eine alte Frau trotz der Kälte im Freien vor ihrem dampfenden Topf. Novalee blieb stehen und ließ sich eine Schale des köstlich riechenden Eintopfs geben, dachte an die Näherinnen bei Nereus und sah diese vor ihrem geistigen Auge in unendlichen Linien aufgereiht, gebeugt vor den ratternden Nähmaschinen sitzen. Noch war nicht jegliche Hoffnung verloren. Es galt, einen Weg zu finden, ihre Bedingungen zu verbessern, dachte sie, die Arbeiterin Novalee.

Tyrens Worte drehten sich wieder und wieder in Novalees Kopf – als hätten sie sich darin verselbständigt. Das kannte sie schon: Wenn etwas geschah oder gesagt wurde, das für sie bedeutsam war und auf das sie reagieren musste, aber noch nicht wusste wie, dann ließ sie das nicht los und beschäftigte sie unentwegt. In solch einem Fall konnte sie nicht ruhen, bis sie wusste, was sie zu tun hatte. Vor allem ein Satz Tyrens rotierte ohne Unterlass in ihrem Kopf: *Viele Jahre lang werden Sie an diesen*

Zeitpunkt in ihrem Leben zurückdenken und es verwün-
schen, dass Sie sich damals, als ein anderer Weg möglich
war, falsch entschieden haben.

Aber Novalee wollte nicht bei den Mächtigen dabei sein – im Gegenteil, sie wollte den Unterdrückten, den Schwachen helfen, an deren Seite bleiben – das stand unumstößlich fest. Aber warum ließ sie dann Tyrens Satz nicht los?

Ständig kamen ihr Aniela und Fynn in den Sinn. Als ob die beiden die richtige Antwort kennen würden. Aber nein – sie waren die Antwort. Jetzt wusste sie, warum Tyrens Satz sie nicht losgelassen hatte. Das war der andere Weg, an den sie ihr Leben lang zurückdenken würde, wenn sie sich falsch entscheiden würde. Statt hier zu bleiben und einen schwierigen Kampf zu führen, sollte sie mit Aniela und Fynn leben. Das war die einzig gültige Wahrheit. Gleichzeitig wusste sie, dass sie das noch immer nicht konnte. Sie musste zuvor etwas erreichen und fürchtete, dass es dann zu spät sein würde für das große persönliche Glück.

Novalee beschloss vorsichtiger zu sein. Sie musste sich eine andere Unterkunft suchen, von der niemand etwas wusste. Nicht einmal Fynn dufte sie schreiben, wo sie leben würde.

V. Teil

Fynn, Lucille, Aniela und deren Großeltern, sie alle vermissten Novalee, machten sich auf unterschiedliche Art Sorgen um sie und hofften auf ihre Rückkehr. So vergingen Wochen und Monate, als eines Abends jemand an die Tür pochte. Demian trat ein und verlor keine Zeit. Er habe den Hof gekauft und suche sich seine Pächter selbst aus. Sie hätten drei Tage Zeit, um ihre Sachen zu packen, er würde sie auf seinem Grund nicht länger dulden.

Novalees Mutter brach in Tränen aus, Aniela sah ihre Großmutter mit einer Mischung aus Entsetzen und Erstaunen an. Novalees Vater starrte den ungebetenen Besucher an, als sei dieser der Leibhaftige.

„Demian, ich weiß, du hasst mich, aber lass uns reden. Draußen", schlug Fynn vor.

„Das wird vergeblich sein, aber ich möchte zu gerne hören, was du zu sagen hast", grinste Demian triumphierend.

Während die zwei so unterschiedlichen Männer, die seit ihrer Jugend verfeindet waren, die Stube verließen, überlegte Lucille angestrengt. Schließlich erhob sie sich ruckhaft. Als Lucille vor die Tür trat, lachte Demian Fynn aus: „Das kannst du dir sparen. Ich bin nicht gekommen, um nachsichtig mit euch zu sein. Ihr sollt von nun an als Besitzlose durchs Land ziehen."

„Würdest du nicht gerne etwas haben, das einst Fynn gehörte?", fragte Lucille leise und sah Demian aufmerksam an.

„Was soll das schon sein?", fragte Demian abfällig und misstrauisch.

„Du kannst nicht alles haben, mich und deine Rache an Fynn."

„Dich! Wie sollte ich dich je haben?", stieß Demian hervor. Seine Stimme klang heiser, boshaft und ungläubig, aber in seinen Augen leuchtete ein unverhohlen gieriges Verlangen.

„Ich werde dich heiraten."

„Bist du wahnsinnig geworden?!", rief Fynn aus und sprang auf Lucille zu.

Demian lächelte ungläubig: „Du willst mich heiraten? Mich? Das Ungeheuer."

„Hat dein Vater Ugrin nicht die hässliche Bertha geheiratet, weil sie reich war? Wieso sollte ich nicht Fynn verlassen, um dich zu heiraten? Du bist reich und Fynn ist arm. Aber als Hochzeitsgeschenk fordere ich den Hof – du wirst ihn nach der Trauung Fynn überschreiben."

175

„Und darauf soll ich eingehen? Und auf meine Rache an Fynn verzichten?"

Demians Augen verengten sich, der alte, nie erlöschende Hass war stärker als jegliche Begierde und Hoffnung.

Fynn legte seine Hände auf Lucilles Schultern, sah sie eindringlich an und bat: „Du darfst dich nicht für uns opfern und ihn unseretwegen heiraten."

Demian bemerkte Fynns Entsetzen. Ein hämisches Lächeln überzog sein Gesicht. Langsam und genussvoll sagte er zu Lucille: „Gut. Ich bin einverstanden. Es wird für Fynn eine anhaltende Qual sein, dich als meine Ehefrau zu sehen. Es scheint mir, ich bekäme dich und gleichzeitig meine Rache an Fynn, wie sie köstlicher und dauerhafter nie sein könnte."

Alle Versuche Fynns, Lucille von ihrem Vorhaben abzubringen, misslangen. Noch in derselben Stunde reiste Lucille mit Demian ab. Die Hochzeit sollte so bald wie möglich stattfinden.

Einige Tage nach Demians Besuch erhielt Fynn einen Brief von Lucille. Sie forderte ihn auf, der Eheschließung beizuwohnen und direkt nach der Trauung die Dokumente bezüglich der Überschreibung des Hofes in Empfang zu nehmen. Er müsse unbedingt persönlich erscheinen, eine Zusendung solch wichtiger Papiere sei zu unsicher.

Fynn machte sich auf den Weg in seine alte Heimat. Er hätte dies gern unterlassen, aber er musste an die Zukunft Anielas denken und für seine Schwiegereltern sorgen. Tyren reiste für die Hochzeit seines Halbbruders an. Während der Zeremonie standen er und Fynn nebeneinander, und auf manchen Bewohner des Ortes machte es den Eindruck, als seien die beiden noch immer Freunde, als habe sich seit Kinderzeiten nichts daran geändert. Fynn beobachtete nervös Lucille. Sie wirkte während der Zeremonie seltsam entrückt, auf eine ihm unverständliche Weise glücklich, als hätte sie endlich ein wichtiges Ziel erreicht oder stünde kurz davor.

Die Trauung wurde vollzogen. Demian machte Anstalten, sein Glas zu heben und den Gästen zuzuprosten, als Lucille ihn bat, zuvor noch ihr Hochzeitsgeschenk, jene Papiere, die Fynn als Eigentümer des Hofes einsetzten, persönlich zu überreichen.

„Kann das nicht warten?"

„Nein, mein geliebter Gatte. Das kann es nicht. Keine Sorge. Die Gäste werden nicht davonlaufen

– und ich auch nicht", lächelte sie verführerisch. „Beeil dich!"

Während Demian die Dokumente holte, stellte Lucille ihr und Demians Glas ab, um sich, wie einige Gäste mit Vergnügen bemerkten, in den Ausschnitt zu greifen. Sie rückte ihr Kleid zurecht, und weil sie bemerkte, dass ihr dabei die Aufmerksamkeit der Anwesenden gehörte, drehte sie lächelnd den Feiernden den Rücken zu. Sie beugte sich weit vor und stieß dabei beinahe Demians und ihr Glas um.

Demian schritt auf Fynn zu und überreichte ihm zynisch grinsend die Dokumente. Als er zu Lucille zurückkam, streckte sie ihm lächelnd sein Glas entgegen. Demian ergriff es und bemerkte im letzten Moment, bevor er sich den Gästen zuwandte, einen seltsamen Ausdruck in Lucilles Gesicht: Einen sentimentalen, verlorenen Blick, den Lucille mit Fynn tauschte – und es schien Demian, als ob sie für immer Abschied nehmen würde. Aber da war noch etwas anderes. Demian überlegte fieberhaft. Sie waren nun verheiratet. Aber dieser Gesichtsausdruck Lucilles genügte, um den misstrauischen Wachhund in ihm aufzuschrecken. Indessen bat Tyren um Aufmerksamkeit und brachte einen Toast auf das Brautpaar aus. Während die Gäste jubelnd die Gläser hoben, wirkte Demian nachdenklich. Lucille setzte ihr Glas an den Mund, Demian wartete, bis sie einen Schluck getrunken hatte, griff nach Lucilles Glas und hielt ihr sein Glas hin.

Lucille wirkt überrascht: „Du traust mir noch immer nicht?"

„Ich – ich weiß nicht. Aber so kann ich sicher sein."

„Welch guter Beginn für eine Ehe", lächelte Lucille spöttisch.

„Es ist nur für den Fall, dass … falls …", lachte Demian nervös. „So einfach mache ich es niemandem, auch dir nicht."

Lucille führte Demians Glas an ihren Mund und trank es aus. Demian sah Lucille forschend an. „Solltest du nicht die Möglichkeit genützt haben, dann habe ich mich in dir getäuscht. Und werde mich in aller Form entschuldigen."

„Das wirst du wohl tun müssen, mein lieber Ehemann."

Demian sah Lucille mit einem erstaunten Blick an, als ob ein unverhofftes Glück ihm doch endlich zuteilwerde, eine längst überfällige Gerechtigkeit sich in diesem Augenblick erfüllen würde.

„Ich weiß, dass ich ein Teufel war. Aber ich verspreche dir, dass ich ein besserer Mensch sein werde, deinetwegen", versicherte Demian Lucille und sah sie beschwörend an. Lucille lächelte ihn versonnen an, und Demian küsste Lucille hoffnungsvoll und leidenschaftlich, hob sein Glas und prostete in einer ausholenden Bewegung allen zu. Die Anwesenden tranken, auch Tyren und Demian. Ein Kellner eilte herbei und füllte die Gläser des Brautpaars. Nur Fynn trank nicht, stand verloren in der fröhlichen Menge und hielt sein Glas reglos. Ungläubig sah er sich um, als könne er nicht glauben, was geschah.

Wenig später, während alle durcheinander redeten, ein Vorgang, welcher nach dem Ende einer Zeremonie fast zwangsläufig einsetzt, verzerrte sich Demians Gesicht. Fynn bemerkte mit Schrecken, dass auch Lucilles Antlitz schmerzerfüllt war. Demian starrte Lucille ungläubig an und schleuderte sein Glas weg. Die Braut erwiderte Demians Blick nun unverhohlen und hasserfüllt: „Erkennst du die Auswirkungen deiner geliebten Gabe? Wie viele haben dein Giftgeschenk angenommen? Diesmal hast *du* es akzeptiert, nun gut, ohne es zu wissen. Es ist mein Hochzeitsgeschenk an dich, geliebter Gatte."

„Ich habe mich also doch nicht in dir getäuscht?", stieß Demian mit vor Entsetzen geweiteten Augen hervor.

„Nein, mein Liebling. Das hast du nicht", lächelte Lucille. Obwohl sich die Anzeichen des

Schmerzes immer deutlicher in ihrem Gesicht zeigten.

Demian brüllte: „Nein! Das hast du nicht gewagt! Wir haben doch die Gläser getauscht."

„Ich musste sicher gehen – und sicher war nur, das Gift in beide Gläser zu geben. Hatte ich nicht recht?"

Lucille sah ihn herausfordernd an, lächelte trotz ihrer Schmerzen unvermittelt liebevoll, hob ihre Arme, hielt Demians Gesicht zärtlich zwischen ihren Händen und küsste ihn leidenschaftlich. Als sie sich von ihm löste, flüsterte sie: „Damit du weißt, wie schön das Leben hätte sein können."

Beide standen einige Momente lang still da und starrten sich an. Demian riss sich aus seiner Erstarrung und schlug Lucille unvermittelt mit der Faust ins Gesicht. Lucille ging zu Boden. Fynn sprang hinzu, stieß Demian weg, der sich im nächsten Moment vor Schmerzen krümmte. Tyren trat vor Demian, der in die Knie sank, und sah seinen Halbbruder mitfühlend an. Demian schaute zu Tyren auf: „Bruder, bitte, hilf mir."

Tyren kniete neben Demian und nahm dessen Hand. Fynn bettete Lucilles Kopf in seinem Schoß und strich ihr über das Gesicht, worauf sich ihre einst so schönen Züge etwas glätteten. Lucille sah

Fynn ernst an: „Geh und hole Novalee zurück. Wirst du das tun?"

„Ja, Lucille. Das werde ich."

Lucille redete nur noch stoßweise: „Dann ist alles gut. Der Hof gehört jetzt euch."

Fynn bemühte sich bis zu ihrem Tod um Lucille und fuhr ihr zärtlich über die Haare und die Wangen. Tyren wollte Demians Herzschlag ertasten und konnte nur noch den Tod seines Halbbruders feststellen. Er fühlte etwas Hartes in Demians Jackett, zog einen kleinen Beutel hervor, öffnete diesen und ließ den Inhalt in seine Hand gleiten. Es war das Bärchen, mit dem Fynn und er als Kinder gespielt hatten, ihre mächtigste Spielfigur.

Demian hatte, als er Fynns Zimmer verwüstete und von ihm dabei überrascht worden war, die Spielfiguren zu Boden fallen lassen und in Fynns Anwesenheit seinen Fuß daraufgesetzt. Als Demian allein war, hatte er sich angeeignet, was er schon immer gewollt hatte. Ganz allein für sich hatte er sich alles genommen. Und doch nie etwas erhalten.

Fynn sah das Bärchen in Tyrens Hand. Im selben Moment erinnerte er sich: In jenen frühen Kindheitstagen hatten Tyren und er als kleine

Buben auf der Treppe des Ladens gesessen. Die Kunden gingen geduldig lächelnd an ihnen vorbei – und wie so oft hatten sie mit den Figuren gespielt. Und wie immer war das Bärchen der Held gewesen, der am Ende den Bösewicht besiegte. Demian tauchte vor ihnen auf, hockte sich auf die untere Stufe, sah ihnen fasziniert zu, wollte nur bei ihnen sein und nicht einmal mitspielen. Aber Tyren schickte ihn dennoch weg. Als Demian nicht gehen wollte, stieß Tyren ihn mit dem Fuß von der Treppe, schrie ihn an und jagte ihn mit Schimpfworten davon.

Fynns Mutter Chiara war dazugekommen und hatte gefragt: „Aber Tyren, warum bist du denn so hässlich zu dem Jungen? Er hat dir doch nichts getan."

Tyren war rot im Gesicht. Trotzig und böse sagte er: „Er gehört nicht hierher. Ich gehöre hierher. Demian soll weggehen: Er ist nicht mein ..."

Ob sich Tyren noch daran erinnerte? Was dachte er in diesem Moment, als sein Bruder starb? Schließlich erhoben sie sich. Fynn streckte Tyren die Hand entgegen. Als Tyren sich nicht bewegte, sagte Fynn: „Ist es nicht endlich Zeit für Versöhnung?"

Tyren sah Fynn unbewegt an: „Nein. Ich hätte mich um Demian kümmern müssen. Schon viel früher."

Tyren drehte sich um und ging davon, Fynn ließ seine Hand sinken und flüsterte: „Ich werde Novalee auch ohne dich finden und nach Hause bringen."

Ein außergewöhnlich heißer Sommer hatte begonnen, als Bonnie drei Wörter las, die sie unwillkürlich anzogen. *Für meine Lehrerin.* Natürlich war dies noch nicht genug, es gab viele Lehrerinnen. Aber der Name des Vortragenden zog Bonnie magisch an. Dort stand nicht nur ein Name, sondern er bezeichnete sich als Schüler. Die Ankündigung war unterschrieben mit *Schüler Fynn.*

Der Abend der Lesung kam. Bonnie sah sich verstohlen in dem Raum um, der vielleicht vierzig Personen Platz bieten konnte. Das schmale Podium war noch leer. Zuvor hatte Bonnie einer Freundin mitgeteilt, dass sie als Gast dort hingehen würde, damit jemand informiert war, falls …

Der Raum war nur halb gefüllt, Bonnie nahm Platz und wartete ungeduldig auf den Beginn der Lesung. Schließlich betrat ein junger Mann die

Bühne, an dem sie nichts Besonderes feststellen konnte. Er musterte jeden Gast genau. Ohne einleitende Worte begann er mit einer fiebrig und heiser klingenden Stimme zu lesen. Seine eindringlichen Worte schlugen die wenigen Zuhörer in einen geradezu fantastischen Bann.

Fynns Lesung

„Seerosen und die Äste der Trauerweiden, die bis ins Wasser reichen. Licht und Schatten und das mit seiner Lebenskraft prahlende Grün. Über uns der weite Himmel. Tanzende Reflexionen der Sonnenstrahlen im Wasser. Blendende Helligkeit und zusammengekniffene Augen. Es ist angenehm kühl im Halbschatten, und alles strahlt und flattert und lebt, dass es eine einzige Freude ist. Die Frau, die ich liebe, steigt neben mir ins Wasser. Es ist wie die erste wahre Stunde meines Lebens!

Es gibt eine Frau in meinem Leben, die mir einmal sagte, dass sie in ihrer Jugend nie träumte. Erst spät erlebte sie ihren ersten Traum, dem weitere folgten. Sie beschrieb die gesehenen Fantasiegebilde minutiös und machte mir damit ein Geschenk. Und ich möchte diese Gabe erwidern und ihr den vierten Traum schenken – eine mögliche Fortsetzung ihrer visionären Erlebnisse. Nun werden viele sagen, das kann man nicht, es ist unmöglich, jemandem einen Traum zu schenken. Nur weil wir nicht wissen, wie so etwas möglich ist, bedeutet dies nicht, dass es nicht doch durchführbar ist. Sie träumte jeweils, nachdem sie einen Brief von mir erhielt. Nun präsentiere ich einen Brief, den ich geschrieben, aber bislang nicht abgesendet habe, der vielleicht imstande ist, Novalees nächsten Traum auszulösen. Er trägt folgenden Titel: *Was ist Glück?*

Was werde ich wohl einst im Lebensrückblick sagen? Hätte ich das Glück besser irgendwo da draußen oder im Privaten gesucht? Für viele stellt sich diese Frage gar nicht, weil die täglichen Zwänge ihr Leben bestimmen.

Was ist Glück? Wie sieht es aus? Kann man es anfassen? Oder ihm einen Namen geben? Nun, Glück ist wohl für jeden etwas anderes. Ich könnte hier stehen und aufzählen, welche Formen des Glücks es gibt. Würde uns das weiterhelfen?

Wir müssen nicht alles kennenlernen, stattdessen begegnen wir hoffentlich jenem Lebensinhalt, der uns erfüllt und berührt. Jeder kann nur davon berichten, wie es ihm auf seiner ganz persönlichen

Reise ergangen ist. Wenn einer etwas erzählt oder schreibt, dann sollte er dabei so gut es nun eben geht, offen und ehrlich sein, sonst ist das Gesagte oder Geschriebene nicht viel wert.

Aus diesem Grund will ich heute versuchen, auszudrücken, was für mich Glück ist. Die Augen meiner Tochter, ihre Stimme, ihre Fantasie, ihre kindliche Welt, in die ich einbezogen werde. Außerdem gibt es eine Frau in meinem Leben. Ich bin hierhergekommen, um sie heimzuholen. Mit ihr einzuschlafen, sie nachts neben mir zu spüren und morgens mit ihr wach zu werden, sie zu berühren, sie lieben zu dürfen und von ihr geliebt zu werden – es klingt so einfach, aber es gibt nichts Selteneres und Größeres, als jenen Menschen zu finden, den man um sich haben will. Ich bin nun mal ein Familienmann, der zu einer übertriebenen Idealisierung neigt. Wie entstand diese Neigung in mir? Oder war sie von Anbeginn an in mir angelegt? Ich kann nur von meiner eigenen Erfahrung sprechen, alles andere erscheint mir eine unsichere Spekulation zu sein.

Mein Vater Jaron liebte meine Mutter Chiara über alles, er vergötterte und verehrte sie, und sie liebte ihn genauso. Ich kann mich an keinen einzigen Streit zwischen den beiden erinnern. Aber hier muss mich mein Gedächtnis trügen. Denn das ist, wie wir alle nur zu gut wissen, unmöglich. Mein Vater versicherte meiner Mutter jeden Tag, was für ein Glück es sei, dass sie seine Frau ist.

Das Gewohnte, auch wenn es außergewöhnlich ist, erscheint uns nichts Besonderes zu sein. Da ich jedoch in meiner nächsten Umgebung unterschiedliches Verhalten bemerkte, wurde ich aufmerksam. Ein Ehepaar in der Nachbarschaft benahm sich völlig anders, als ich das von meinen Eltern gewohnt war. Sie küssten sich nicht, nie nahm er seine Frau in den Arm, und ich konnte nicht das geringste Anzeichen von Zuneigung oder Zärtlichkeit zwischen ihnen entdecken. Es waren anders gesinnte Menschen. Nicht mehr und nicht weniger. Ich will nicht beurteilen oder werten – das steht mir nicht zu. Nur für mich kann ich sagen, dass das persönliche Glück darin besteht, jemanden zu lieben, diesem Menschen nahe zu sein und ständig um mich wissen zu wollen, weil ich seine Gegenwart genieße. So bin ich. Wenn ich vom Glück erzähle, dann kann ich nur von meiner persönlichen Erfüllung desselben sprechen und selbst diese kennt tausenderlei Formen und Nuancen. Früh verstand ich, wie sehr sich meine Eltern liebten, und mir war stets bewusst, dass auch meine Aufgabe einst darin bestehen wird, den Menschen zu finden, der mein

Gegenstück ist. Das Glück war mir treu, ich begegnete dieser Frau – aber wir wurden getrennt. Also scheint das Wohlgefühl in der Vorstellung einfach, aber jegliche Realisierung ist unbegreiflich schwer. Was uns nicht davon abhalten soll, es weiter zu versuchen, um jene freudige Harmonie zu erreichen, die in uns angelegt ist.

Es war von früh auf so, dass ich ein wenig der Hüter meines Vaters war. Ob ich diese Verantwortung nun wollte oder nicht, ich hatte sie längst angenommen, bevor mir diese überhaupt bewusst wurde. Nach dem Tod der geliebten Frau und Mutter waren mein Vater und ich sehr verzweifelt. Natürlich versuchte mein Vater meinetwegen tapfer zu sein, denn ich war noch ein Kind. Wenige Tage nach dem Begräbnis gingen mein Vater und ich spazieren. Wir waren betrübter denn je und konnten es einfach nicht fassen – und dann geschah etwas Verrücktes, das man niemandem erklären kann. Auf dem Rückweg sahen wir uns an, und ich bemerkte etwas im Gesicht meines Vaters, das mir Angst machte. Er schien mit einem Mal eine gewisse Hoffnung zu hegen. Als er erfasste, dass ich ihm ansah, was er dachte, nickte er mir bestätigend zu. Wir beschleunigten unsere Schritte, und ich hatte die ganze Zeit furchtbare Angst davor, zuhause anzukommen, denn dann würde sich Vaters Hoffnung erneut in tiefe Trauer und Schmerz verwandeln. Ich erinnere mich nicht mehr, dort angelangt zu sein, aber ich werde nie wieder dieses Leuchten in seinen Augen vergessen, diesen wahnhaften Gesichtsausdruck und wie er seine Füße immer schneller voreinander setzte. Vielleicht bin ich deshalb so ein Familienmensch geworden. Versucht nicht jeder Mensch, anhand von ihm bedeutungsvoll erscheinenden Erlebnissen und Begegnungen, sich seine Vergangenheit zu erklären, um zu rechtfertigen, warum er zu derjenigen Person geworden ist, die er ist ..."

Nun folgte der Teil von Fynns Rede, der das Wesen des privaten Glücks beschrieb, welches oft im Widerspruch zu den Anforderungen steht, die die Welt an uns stellt.

Als Fynn zum Ende seiner Lesung kam, fragte er: „Kennen Sie das? Sie sind jahrelang ohne Unterlass beschäftigt – und eines Tages fragen Sie sich: Wozu? Was tue ich hier überhaupt die ganze Zeit? Als ich dies verstand, musste ich in Bewegung kommen. Nur nirgends mehr stehen bleiben. Denn ich suche sie, die Einzige, die mich erlösen kann. Sobald ich die Frau wiedersehen werde, die mein

Leben in ihren Träumen sah, werde ich all dies mit ihr besprechen, und daraufhin werden wir in der Lage sein, die Fortsetzung dieser unvollendeten Geschichte gemeinsam zu träumen."

Als Fynn mit diesen Worten seine Lesung beschloss, erhob sich Bonnie und ging auf ihn zu. Obwohl sie wusste, dass dies unvorsichtig war, konnte sie nicht anders handeln. Bonnie hatte Fynn keinen Moment aus den Augen gelassen und trat nun vor ihn. Er war es! Dessen war sie sich sicher. Er war zurückgekehrt, um bei Novalee zu sein.

Sie unterhielten sich lange nach der Lesung, und Bonnie warnte Fynn. „Novalee wird morgen eine politische Rede halten. Es ist nicht ihre erste Rede, aber die erste, die sie öffentlich hält. Wir haben alle Angst um sie, denn Tyrens Spürhunde sind hinter ihr her und suchen sie überall."

Fynn bat Bonnie, ihn umgehend zu Novalee zu führen. Wenig später eilten sie durch die Stadt, und Fynn nahm kaum wahr, durch welche Straßen sie liefen.

Die Begrüßung fiel so intensiv aus, dass Fynn schließlich sagte: „Jetzt dürfte ich eigentlich nicht länger daran zweifeln, dass du umgehend mit mir die Heimkehr antrittst."

„Aber du kennst mich besser", lächelte Novalee.

„Ja, ich befürchte, das tue ich."

Fynn versuchte vergeblich, Novalee zur Abreise zu bewegen. Sie wollte trotz der drohenden Gefahr weiterkämpfen und nicht auf die geplante Rede verzichten. Schließlich sagte sie zu Fynn: „Du musst auf dich achtgeben. Aniela braucht dich."

„Sie braucht auch dich."

„Sie kennt mich wahrscheinlich nicht einmal mehr. Sie war noch so klein, als ich sie verließ."

„Ich habe Aniela mitgebracht. Du kannst sie noch heute sehen."

Fynn brachte Novalee zu Aniela. Fynn urteilte noch Jahre später, dass dieses Wiedersehen zwischen Mutter und Tochter das bewegendste Erlebnis seines Lebens war. Sie verbrachten nach all den Jahren den ersten Abend zu dritt. Nachdem sie Aniela ins Bett gebracht hatten, brach Novalee in Tränen aus – war aber trotzdem noch immer nicht bereit, ihr Vorhaben aufzugeben.

Novalee erzählte Fynn, was inzwischen geschehen war, schilderte auch ihren Versuch, Paul Roberts mit ihrem Brief um Besserung der

Verhältnisse in der Fabrik zu bitten – und wie sie daraufhin entlassen wurde. Fynn fragte, einem unbestimmten Instinkt folgend, wo der mächtige Eigentümer von Nereus wohnt.

Der nächste Tag brach unweigerlich an, die kostbaren Stunden waren viel zu rasch vergangen. Novalee brach auf, um Vorbereitungen für ihre Rede zu treffen, womit das kurze Familienglück endete. Fynn blieb mit Aniela zurück, die fragte, wo ihre Mama hingehe, und bei ihr bleiben wollte. Fynn schlug Aniela vor, dass sie etwas für Novalee tun könnten, was gut für sie wäre, um sie damit zu überraschen und löste damit eine große Begeisterung bei Aniela aus, die sofort damit beginnen wollte.

Fynn machte sich auf die Suche nach dem Eigentümer von Nereus und fand nach einer verzwickten Suche heraus, dass Roberts sich an diesem Nachmittag in seinem Stammlokal aufhielt.

Fynn machte sich mit Aniela auf den Weg zu der alten Näherin, die inzwischen ein kleines komfortables Häuslein bewohnte, welches sie von Paul Roberts als Geschenk für treue Dienste bekommen hatte. Nach der Begrüßung erklärte Fynn, warum er mit ihr Roberts aufsuchen wolle.

„Ohne die Arbeit ist es doch ein wenig eintönig", lachte sie lautstark auf, und Fynn war überrascht, wie agil sie trotz ihres hohen Alters war. Leona war sofort bereit mitzukommen.

Vor dem Restaurant standen zwei Männer, die sie ohne Reservierung nicht in das Lokal lassen wollten und sie aufgrund ihrer Kleidung wohl für Bittsteller hielten. Fynn redete vergeblich auf die Männer ein, und je mehr er versuchte, sie zu überzeugen, desto verschlossener wurden ihre Mienen, bis Leona überraschend eingriff: „Wenn Paul erfährt, dass ihr uns nicht vorgelassen haben, dann gnade euch Gott."

Die Männer sahen die alte Frau verdutzt an und wussten nicht, wie sie sich verhalten sollten, als Leona bestimmte: „Jetzt macht schon Platz, sonst ..."
Leona hob den Arm und schüttelte die geballte Faust. Während Fynns Drohungen abprallten, zeigte dies Wirkung, denn als die alte Frau voranschritt, Aniela mit sich zog und Fynn ihnen folgte, wurden sie nicht aufgehalten.

Die ungleiche Troika steuerte unbeirrt auf den Tisch zu, an dem Roberts mit einem wohlbeleibten Herrn, dem Bürgermeister der Stadt, speiste. Roberts war über ihr Auftauchen überrascht, lud sie aber umgehend ein, bei ihnen Platz zu nehmen und ließ sogleich Stühle bringen.

„Nun, junger Mann, jetzt sind Sie dran", sagte Leona und stieß Fynn an.

Roberts und der Bürgermeister sahen den unbekannten Gast erwartungsvoll an. Fynn sprach über Novalees bevorstehende Rede und erklärte, dass sie beide bei Nereus gearbeitet hätten. Er äußerte seine Befürchtung, dass Novalee das gleiche Schicksal ereilen könne wie Lucille, der Herr Roberts ja ohne zu zögern geholfen hätte.

Die zwei Herren hörten Fynns Anliegen aufmerksam an, woraufhin Roberts meinte: „Ich weiß nicht, wie ich Ihnen helfen könnte. Das ist nicht die Angelegenheit eines Fabrikherrn, da diese Rede außerhalb des Werkgeländes stattfindet und die Rednerin, wie Sie versichern, nicht länger in einem meiner Werke arbeitet."

„Aber Sie haben großen Einfluss und kennen viele mächtige Menschen."

„Dennoch wüsste ich nicht, was ich tun könnte. Zudem widerstrebt es mir, mich bei solchen Angelegenheiten in die Politik einzumischen. Wieso sollte ich das tun?"

„Bitte kommen Sie zu Novalees Rede. Ihre Frage kann wohl nur dort beantwortet werden. Überzeugen Sie sich selbst. Ist das nicht immer das

Beste? Auch Ihr persönlicher Besuch in der Nähe-rei war unentbehrlich."

Leona lächelte, schien sich wunderbar zu amü-sieren – und schwieg. Der Eigentümer von Nereus lehnte die inständig vorgetragene Bitte Fynns ge-duldig, aber bestimmt, ab.

Als Fynn mit Aniela den Tisch verließ, blieb ihm dennoch eine leise Hoffnung, denn der Fabrikherr hatte einen Moment lang nachdenklich gewirkt. Le-ona leistete den Herren weiterhin Gesellschaft und schaute sich neugierig in dem noblen Restaurant um.

Die Bühne war noch leer, aber der Saal bereits gut besetzt, als Fynn, Aniela und Bonnie erschienen. Die drei nahmen in einer der mittleren Reihen Platz. Bonnie machte Fynn vorsichtig auf mehrere Männer aufmerksam und murmelte: „Tyrens Agenten."

Fynn sah sich um, indem er vorgab, sich um Aniela zu kümmern, und bemerkte Tyren, der ihn interessiert betrachtete. Schließlich betrat Novalee die Bühne und wirkte sehr entschlossen, bis sie Aniela, Fynn und Bonnie sah. Fynn bemerkte, wie sehr dies Novalee berührte. Novalee erblickte Tyren und seine Leute, worauf sich ihre Gesichtszüge verhärteten. Bevor sie ihr Manuskript zur Hand nahm, lächelte Novalee Fynn und Aniela zu und formte lautlos Worte, die nur Fynn verstand.

Novalee hielt eine Rede über eine gerechtere Gesellschaft und wie ein Weg dorthin möglich wäre. Man müsse die Welt für die Menschen einrichten, statt sie auszubeuten. Sie sprach lange über Mitbestimmung der Werktätigen, gerechte Löhne, kürzere Arbeitszeiten, Schutz und Versorgung bei Krankheit oder Unfall, das Recht auf friedlichen Protest und über Redefreiheit.

197

„Was muss geschehen, bis sich endlich etwas ändert?", fragte Novalee abschließend. „Ich fordere die Herrschenden und Mächtigen dazu auf, einen einfachen Versuch zu unternehmen. Nehmen Sie nur einen Tag im Monat die Rollen derjenigen ein, die für Sie arbeiten. Setzten Sie sich an eine Nähmaschine, vierzehn Stunden lang, aber ich warne Sie, es gibt kaum Pausen. Leben Sie von dem Tageslohn, essen davon, schauen, wo man von diesem Geld schlafen kann, und ob Sie jemals damit eine Familie ernähren können. Wenn Sie und all die Profiteure unserer Arbeit dies regelmäßig versuchen, nur an einem Tag jeden Monats, dann verstehen Sie vielleicht, was Sie den in Ihren Werken beschäftigten Menschen antun. Ich bin sicher, Sie werden daraufhin vieles ändern – und es wird für alle zum Besten sein."

Bevor Beifall einsetzten konnte, hob Tyren seinen Arm, ein Zeichen, auf das sich seine Männer erhoben, sich links und rechts der Sitzreihen postierten, um das Eingreifen der Zuhörer zu unterbinden, die sich ängstlich umschauten. Zwei Männer schritten auf die Bühne zu. Fynn bemerkte dies mit Entsetzen.

Novalee starrte Aniela und Fynn an, als wolle sie sich für immer des Anblicks ihrer Lieben versichern. Fynn sagte etwas zu Aniela und Bonnie. Im nächsten Moment begannen sie zu klatschen. Die Frauen und Männer im Saal sahen sich furchtsam um, warteten ab und betrachteten Novalee mitleidig, während Tyrens Männer die Bühne betraten.

Als im Eingangsbereich Applaus ertönte, bemerkten die Zuhörer Paul Roberts und den Bürgermeister, zwischen denen die unermüdliche Leona stand und lachte, als wäre dies alles ein einziges, riesiges Vergnügen. Die alte Frau stieß einen anfeuernden Ruf aus, der wie ein Startsignal wirkte, denn nahezu übergangslos brandete ein tosender Beifallssturm durch den Saal. Tyrens Gesicht wirkte versteinert, er gab ein Zeichen, woraufhin seine Männer sich umwandten und ihre Sitzplätze einnahmen. Der Bürgermeister, Paul Roberts und Leona hatten mitten in der Rede unbemerkt den Saal betreten und waren im dunklen Eingangsbereich geblieben.

Novalee ergriff, als es langsam leiser wurde, das Wort und sprach zu dem ungleichen Trio: „Ich freue mich sehr, dass Sie gekommen sind. Darf ich Sie bitten, zu mir zu kommen?"

Paul Roberts zögerte kurz, bis Leona etwas zu ihm sagte, worauf die drei gemessen auf die Bühne zugingen.

Sobald sie diese erreicht hatten, wandte sich Novalee ihnen zu: „Jedem sein Metier, sagt man. Und jedes Metier verdient Respekt. Ob das des Politikers oder des Unternehmers – oder das derjenigen, die in ihren Diensten stehen."

Die Herren nickten bestätigend, und nach einer kurzen Pause fuhr Novalee fort: „Wir haben uns von großzügigen Menschen Nähmaschinen ausgeliehen."

Während vier Nähmaschinen, die hinter einem Vorhang verborgen waren, auf die Bühne gebracht wurden, fuhr Novalee fort: „Nähen Sie doch auch einmal. Wir haben hier Hosen, die fast fertig genäht sind, es fehlt nur noch die Naht eines Hosenbeins und ein Saum. Es gibt da noch jemanden, den ich gerne auf die Bühne bitten würde."

Novalee zeigte einladend auf Tyren, der zögerte, bis ihm der Bürgermeister auffordernd zunickte. Tyren kam auf die Bühne. Neben jeder Nähmaschine postierte sich eine Näherin. „Eigentlich wollten wir dem Publikum demonstrieren, wie in einer Näherei gearbeitet wird, und den Vorschlag unterbreiten, eine Näherei zu gründen, die den Arbeiterinnen gehört, was ein vielversprechendes

Unterfangen ist. Aber jetzt würde ich gerne ihre Anwesenheit nützen. Setzen Sie sich doch und versuchen Sie ihr Glück."

Die drei Herren und Leona nahmen Platz und nähten, während das Publikum vergnügt und erwartungsvoll zusah. Die Näherinnen halfen immer wieder.

„Sie geben sich Mühe."

Novalees Kommentar hatte einige Lacher zur Folge. „Und Sie lernen zu verstehen, was die Näherinnen jeden Tag leisten. Das ist ein guter Anfang, und diese Erfahrung wird sicherlich Auswirkungen haben, etwa auf die künftige Behandlung ihrer fleißigen Arbeiterinnen."

Leona stand als erste auf und zeigte die fertig genähte Hose den Anwesenden. Das Publikum applaudierte ausgelassen, gerade weil die drei Männer weiterhin ungeschickt versuchten, mit ihrer Arbeit voranzukommen.

Novalee verfolgte die umständlichen Nähversuchen und schlug vor: „Vielleicht brauchen Sie eine kleine Pause. Wie wir alle sehen, ist Nähen sehr anstrengend. Ruhen Sie sich etwas aus, während ich erzähle, was mir letzte Nacht widerfuhr."

Novalee kehrte zum Rednerpult zurück und wartete geduldig, bis Ruhe im Saal einkehrte:

„Lange Zeit kam ich mir anders vor als meine Mitmenschen – denn ich träumte nie. Das hat sich erst spät geändert. Vorletzte Nacht konnte ich nicht einschlafen, ich war unruhig, weil ich nicht wusste, was mich heute erwarten würde. Es war schon recht spät, aber da ich keinen Schlaf fand, begann ich zu lesen."

Novalee zog ein kleines Büchlein hervor und hielt es hoch: „Irgendwann muss ich dann doch eingeschlafen sein. Denn es gibt bekannterweise keine Riesen, so wie sie in den Märchen vorkommen. Aber genau solch einer stand mitten in der Nacht putzmunter neben meinem Bett, rüttelte mich unsanft wach, befahl mir aufzustehen und mitzukommen, denn ich stünde von nun an in seinen Diensten. Ich wollte mich bereits aufrichten, um mitzugehen, denn der haushohe Kerl wirkte bedrohlich und sah nicht so aus, als ob es ihm gefiele, wenn ich mich weigern würde zu tun, was er mir befahl. Bevor ich mich aber auch nur im Bett aufsetzen konnte, hörte ich die klare Stimme meiner Tochter, die mir seltsame Worte ins Ohr flüsterte."

An dieser Stelle lächelte Novalee Aniela zu und schlug daraufhin das kleine Büchlein auf, welches sie zuvor hochgehoben hatte und las daraus vor: „'Jeder individuelle Mensch, kann man sagen, trägt, der Anlage und Bestimmung nach, einen reinen idealischen

Menschen in sich, mit dessen unveränderlicher Einheit in allen seinen Abwechselungen übereinzustimmen, die große Aufgabe seines Daseyns ist. [8]

Aha, so ist das, sagte ich mir und sah den Riesen an, der wie ich die Worte meiner Tochter vernommen hatte, sich aber weigerte, diese ernst zu nehmen: ‚Das ist mir egal, was interessieren mich deine Anlage und Bestimmung? Deine Aufgabe lautet von nun an, mir zu dienen‘, herrschte er mich an.

‚Nein, Herr Riese, das ist nicht richtig‘, widersprach meine Tochter ihm beharrlich, ‚denn: *Der Wille des Menschen steht aber vollkommen frey zwischen Pflicht und Neigung, und in dieses Majestätsrecht seiner Person kann und darf keine physische Nöthigung greifen.* ‘ [9]

Der Riese wurde nun richtiggehend zornig: ‚Aber ich brauche sie. Unbedingt! Sie passt genau zu meiner Gefolgschaft.‘

Meine Tochter nickte und entgegnete dem Riesen: ‚Das glaube ich dir wohl, Herr Riese, aber … *wir sehen nicht bloß einzelne Subjekte, sondern ganze Klassen von Menschen nur einen Theil ihrer Anlagen entfalten, während daß die übrigen, wie bei verkrüppelten Gewächsen, kaum mit matter Spur angedeutet sind.*‘ [10]

Der Riese stampfte zornig mit dem Fuß auf und schimpfte eigensinnig: ‚Aber sie soll ein Teil meiner riesigen Wanduhr werden und ohne sie ist das gesamte Uhrwerk nichts wert. Du siehst also, dass ich deine Mutter brauche, und wie wichtig sie für mich ist.'

,Das sehe ich wohl Herr Riese. Aber siehst du auch, was das für meine Mutter bedeutet oder denkst du nur an das Ticken deiner Uhr? Du musst außerdem bedenken, dass es einst Staaten gegeben haben soll ... *wo jedes Individuum eines unabhängigen Lebens genoß und, wenn es noth that, zum Ganzen werden konnte, machte jetzt einem kunstreichen Uhrwerke Platz, wo aus der Zusammenstückelung unendlich vieler, aber lebloser Theile ein mechanisches Leben im Ganzen sich bildet.*'[11]

Der Riese hob protestierend seine langen, dicken Arme: ,Aber seht ihr denn nicht, wie wichtig Uhren für uns alle sind? Ohne Uhren gibt es keine Zeit und keine Einteilung derselben. Was das bedeutet, können wir uns gar nicht vorstellen.'

Meine Tochter nickte verständnisvoll, aber fand auch darauf eine Antwort: ,Natürlich, lieber Riese, ich verstehe deine Not. Sicherlich wäre meine Mutter zwar ein winziges und gleichsam wichtiges Rädchen in deinem Getriebe, aber bedenke das Folgende: *Wieviel also auch für das Ganze der Welt durch diese getrennte Ausbildung der menschlichen Kräfte gewonnen werden mag, so ist nicht zu läugnen, daß die Individuen, welche sie trifft, unter dem Fluch dieses Weltzweckes leiden.*'[12]

Der Riese ballte die Fäuste und rüttelte an meinem Bett, sodass ich fast herausgefallen wäre: ‚Aber ich brauche sie und verzichte nicht auf sie. Nein! Nie und nimmer! Meine Uhr ist mir wichtiger als alles andere. Was geht mich das Wohlergehen deiner Mutter an? Nichts, rein gar nichts!‘

Meine Tochter stemmte, während der Riese herumbrüllte, ihre Arme in die Seite und sagte streng: ‚So denkst du also, riesiger Riese. Und deshalb geschieht dies also immer und immer wieder: *Und so wird denn allmählig das einzelne konkrete Leben vertilgt, damit das Abstrakt des Ganzen sein dürftiges Daseyn friste* …‘[13]

Der Riese war verdutzt, ob all der hartnäckig vorgebrachten Widerworte, schien geradezu gekränkt und auch etwas verblüfft, dass man den Willen eines so mächtigen Riesen – wie er ganz offensichtlich einer war – ignorieren konnte: ‚Was interessiert mich das Leiden der winzigen Menschlein? Mich interessiert meine Uhr, sie tickt so schön, und wenn sich die Zeiger nur stets gleichmäßig bewegen, ist mir dies noch immer das Wichtigste auf der ganzen Welt.‘

‚Du liebst deine Uhr zu sehr und ich sage dir deshalb: *Kann aber wohl der Mensch dazu bestimmt seyn, über irgend einem Zwecke sich selbst zu versäumen?*‘[14]

Das Gesicht des Riesen lief rot an, sein Kopf schien sich aufzublähen und ich hatte Angst, dass er vor unseren Augen aus lauter Wut explodieren würde. Er brüllte böse drauflos, aber gleichzeitig schien es fast, als weine er wie ein trotziges Kind, das seinen Willen nicht bekommt: ,Du bist ein furchtbares Mädchen. Ungehorsam und widerspenstig. So jemanden wie dich und deine Mutter kann ich bei mir überhaupt nicht gebrauchen. Ihr würdet mir nur das schöne Uhrwerk durcheinanderbringen. Das habt ihr jetzt davon: Ich suche mir eine andere.'

Das war mein bisher letzter Traum, den ich nicht verschweigen wollte."

Nach Novalees Worten toste ein außerordentlicher Beifall durch den Saal. Als es nach und nach ruhiger wurde, zeigte Novalee lächelnd auf die ruhenden Nähmaschinen, die Herren widmeten sich wieder ihrer Arbeit und neigten beflissen die Köpfe.

Irgendwann sagte Novalee: „Nun, es ist noch kein Meister vom Himmel gefallen. So zeigen Sie uns doch, was Sie erreicht haben."

Die drei Männer standen nacheinander auf und hielten die Hosen hoch, die schief zusammengenäht waren. Novalee bedankte sich bei den dreien für ihre Teilnahme und sagte abschließend: „Sie saßen hier nur kurze Zeit. Die Näherinnen sitzen jeden Tag viele Stunden lang und bekommen nur einen sehr geringen Lohn für ihre gute Arbeit."

Paul Roberts reichte Novalee die Hand, wandte sich dem Publikum zu und rief: „Es wird sich einiges ändern! Ich verspreche es!"

Novalee sprang von der Bühne herunter, hob erleichtert die strahlende Aniela hoch, die ihre Arme um den Hals ihrer Mutter schlang. Fynn lächelte ein versonnenes, verschmitztes Lächeln, fast als wäre es sein Vater Jaron, der sich ungemein über etwas freut. Und vielleicht stand Jaron in diesem Moment mit Fynn in unerklärlicher Verbindung, und sein Lächeln bildete sich wirklich auf Fynns Gesicht ab.

Novalee hielt Aniela im Arm und strahlte Fynn erleichtert an. Sie küssten sich, während Aniela an den Haaren ihrer Mutter zog, bis Novalee versprach: „Ich komme mit euch zurück. Der Anfang ist gemacht. Ich habe jetzt wohl endgültig meine Schuld beglichen."

„Welche Schuld?"

„Eine Schuld, die ich nie verdient hatte und die dennoch ein Leben lang auf mir lastete."

„Dann ist jetzt die neue Zeit und nicht länger morgen."

Novalee lachte: „Dass ein Träumer wie du so hartnäckig sein kann."

„Liebe Lehrerin, weißt du nicht: Träumer sind die stursten Menschen überhaupt."

Literaturverzeichnis

RIMBAUD, Arthur: Une Saison en Enfer / Eine Zeit in der Hölle. ©1970 Philipp Reclam jun. GmbH & Co. KG, Stuttgart. Vom Übersetzer durchgesehene und verbesserte Auflage 1992. Gesamtherstellung: Reclam, Ditzingen. Übertragen und herausgegeben von Werner Dürrson.

SCHILLER, Friedrich: Über die ästhetische Erziehung des Menschen in einer Reihe von Briefen. ©2000 Philipp Reclam jun. GmbH & Co. KG, Stuttgart. Durchgesehene und bibliographisch ergänzte Ausgabe 2013. Gesamtherstellung: Reclam, Ditzingen. Herausgegeben von Klaus L. Berghahn

---

[1] RIMBAUD: Eine Zeit in der Hölle S. 23.
[2] RIMBAUD: Eine Zeit in der Hölle, S. 63.
[3] RIMBAUD: Eine Zeit in der Hölle, S. 5.
[4] RIMBAUD: Eine Zeit in der Hölle, S. 79.
[5] SCHILLER: Erziehung S. 28.
[6] RIMBAUD: Eine Zeit in der Hölle, S. 23.
[7] RIMBAUD: Eine Zeit in der Hölle, S. 17.
[8] SCHILLER: Erziehung, S. 15.
[9] SCHILLER: Erziehung, S. 14.
[10] SCHILLER: Erziehung, S. 22.
[11] SCHILLER: Erziehung, S. 23.
[12] SCHILLER: Erziehung, S. 28.
[13] SCHILLER: Erziehung, S. 24.
[14] SCHILLER: Erziehung, S. 28.

Autorenvita

Markus Reich wurde 1968 in Rastatt/Baden geboren und wuchs in der Region Stuttgart und im Schwarzwald auf. Nach Schule und Ausbildung begann er ein Ingenieurstudium und entdeckte gleichzeitig die leidenschaftliche Liebe zur Literatur. Den Studienaufenthalten in Frankreich und Indien schloss sich eine zehnjährige Reisetätigkeit als Ingenieur in vierundzwanzig Ländern an. Seit 2017 ist Markus Reich freier Autor und schreibt Drehbücher, Romane, Theaterstücke, Hörspiele und Kurzgeschichten.

Buchveröffentlichungen

Zunächst erschienen sechs Erzählungen: *Tante Bella und die Grünpflanzenkommissarin*. Die Titelgeschichte wurde mit dem 1. Preis im Rahmen der LiteraTour auf dem Bodensee 2017 beim IBC-Kurzgeschichtenwettbewerb ausgezeichnet.

Es folgte der abenteuerliche Reiseroman *Die Indienreise der wundersamen Begegnungen.*

Im August 2020 wurde *Der Corona-Idiot* veröffentlicht. Ein bewegender Roman über die Liebe in der Pandemie.

Liebe mich in einer neuen Zeit. Ein ungleiches Liebespaar in gefahrvoller Auseinandersetzung mit den Mächtigen.